高罗佩绣像本

大唐狄公探案全译

大唐狄公探案全译·高罗佩绣像本

黄禄善 / 主编

太子棺奇案

JUDGE DEE AT WORK

〔荷兰〕

高罗佩 / 著
By Robert Van Gulik

胡洋 / 译

山西出版传媒集团 北岳文艺出版社
MUYUE LITERATURE & ART PUBLISHING HOUSE

- 太原 -

图书在版编目（CIP）数据

太子棺奇案 /（荷）高罗佩著；胡洋译 . — 太原：
北岳文艺出版社，2018. 1（2018. 9 重印）

（大唐狄公探案全译：高罗佩绣像本 / 黄禄善主编）

ISBN 978-7-5378-5482-5

Ⅰ . ①太… Ⅱ . ①高… ②胡… Ⅲ . ①侦探小说—小
说集—荷兰—现代 Ⅳ . ① I563. 45

中国版本图书馆 CIP 数据核字（2018）第 001800 号

书名：太子棺奇案	策　　划：续小强	责任编辑：庞咏平
著者：〔荷〕高罗佩	项目统筹：贾晋仁	书籍设计：张永文
译者：胡洋	庞咏平	印装监制：巩璠

出版发行：山西出版传媒集团·北岳文艺出版社

地址：山西省太原市并州南路 57 号　邮编：030012

电话：0351-5628696（发行部）0351-5628688（总编室）　传真：0351-5628680

网址：http：// www.bywy.com　　E-mail：bywycbs@163.com

经销商：新华书店　承印者：山西人民印刷有限责任公司

开本：890mm×1240mm　1/32　字数：175 千字

印张：8.125　版次：2018 年 1 月第 1 版　印次：2018 年 9 月山西第 2 次印刷

书号：ISBN 978-7-5378-5482-5

定价：33.80 元

　　《狄公案》是中国众多公案小说之一种，但是，随着高罗佩20世纪40年代对《武则天四大奇案》的译介以及之后"狄公探案小说系列"的成功出版，"狄公"这一形象不仅风靡西方世界，也使中国读者看到"中国古代犯罪小说中蕴含着大量可供发展为侦探小说和神秘故事的原始素材"，认识到"神探狄仁杰"，"虽未有指纹摄影以及其他新学之技，其访案之细、破案之神，却不亚于福尔摩斯也"。在西方对中国总体评价趋于负面的20世纪50年代，"狄公探案小说"不仅满足了普通西方读者了解古代中国社会生活的愿望，也在一定程度上让西方世界重新认识了传统中国，扭转了西方人眼中古代中国"落后""野蛮"的印象。从这个意义上来看，高罗佩对传播中国文化着实做出了很大的贡献，因此学界给予他很高的评价，将其与理雅各、伯希和、高本汉、李约瑟等知名学者并列为"华风西渐"的代表人士。

　　高罗佩是20世纪最为著名的汉学家之一，其语言天赋惊人，汉学造诣"在现代中国人之中亦属罕有"。高罗佩"狄公探案小说"的背景是久远的初唐社会，但讲述方式却是现代的，中国传统文化被润化在小说的情境中，服饰、器物、绘画、雕塑、建筑等中国元素以及其中所蕴含的中国文化，在不经意间缓缓流动着，构成一幅丰富多彩的中国图画，没有丝毫的隔膜感。小说创作的灵感来源于公案小说，但叙事却完全是西方推理小说的叙事。在整个案件的推演、勘察过程中，读者一直是不自觉地被带入情境中，抽丝剥茧，直到最终找出答案。这种互动式、体验式的交流方式，是高罗佩探案小说的成功之处，也是至今仍为广大读者喜爱的原因之一。

为了让读者能原汁原味地读到高罗佩"狄公探案小说"，体味到高罗佩笔下的中国文化和社会，我社邀请著名西方通俗文学研究大家黄禄善教授组织翻译了这套"大唐狄公探案全译·高罗佩绣像本"，以飨读者。

我社推出的"大唐狄公探案全译·高罗佩绣像本"以忠实原著为原则，译文更贴近于读者的阅读习惯，且完整保留了高罗佩探案小说创作的脉络，力图打造一套完整的"高罗佩探案小说"全译本。

"大唐狄公探案全译·高罗佩绣像本"共计十六册（包括十四部长篇，两部中篇，八部短篇），其中收入了高罗佩手绘的地图及小说插图一百八十余幅。书中的插图仿照的是16世纪版画的风格特点，特别是明代《列女传》中的形象。因此，插图中人物的服饰以及风俗习惯均反映的是明代特征，而非唐代。此外，小说中涉及大量唐代官职、古代地名等信息，虽经译者考证并谨慎给出译名，但仍有存疑之处，敬请方家指正。

愿我们的这些努力，能使这套"大唐狄公探案全译·高罗佩绣像本"成为喜爱高罗佩的读者们所追寻的珍藏版本。

北岳文艺出版社

2018年1月

一

　　20世纪与21世纪之交，西方通俗文学界一个令人瞩目的现象是历史侦探小说（historical detective fiction）的崛起。当时西方的许多主流媒体，如《纽约时报》《华尔街日报》《泰晤士报》《卫报》等等，连篇累牍地报道这类小说获奖的信息，有关小说的介绍、评论汗牛充栋。这些获奖作品的背景多半设置在一个历史久远的年代，中心情节是破解一个与谋杀有关的谜案，作者大都为历史学、考古学的专业人士，爱好文学创作。譬如保罗·多尔蒂（Paul Doherty, 1946—），当代英国著名历史学家，20世纪80年代末开始历史侦探小说创作，迄今已出版了八十多部以古希腊、古罗马、古埃及和中世纪英格兰为背景的侦探小说，其中《叛逆的幽灵》（*The Treason of the Ghosts*）被《泰晤士报》列为2000年最佳犯罪小说。又如琳达·罗宾逊（Lynda Robinson, 1951—），毕业于得克萨斯大学考古专业，擅长中东史和美国史研究，后在丈夫的鼓励下进行历史侦探小说创作，处女作《死神谋杀案》（*Murder in the Place of Anubis*, 1994）一问世即荣登"纽约时报畅销书排行榜"，接下来的十多本小说也一版再版，畅销不衰。再如加里·科比（Gary Corby, 1963—），澳大利亚历史侦探小说创作新秀，尽管作品数量不算太多，但已是2008年"柯南·道尔奖"得主，2010年问世的《伯里克利政体》（*The Pericles Commission*）又获"内德·凯利奖"（Ned Kelly Award）。凡此种种，正如《出版人周刊》2010年一篇评论所指出的："过去的十年目睹了历史侦探小说的数量和质量的爆炸。以前从未有过如此多的天才作家出版如此多的历史侦探小说，作品涵盖的历史年代和案发地点也从未如此宽泛。"[1]

不过，西方历史侦探小说的诞生并非从这个世纪之交开始。早在1911年，在美国作家梅尔维尔·波斯特（Melville Post, 1869—1930）的短篇小说《上帝的天使》（*The Angel of the Lord*），就出现过一个历史年代的业余侦探"阿布勒大叔"（Uncle Abner）；他生活在古老的弗吉尼亚边疆，是个牧场工人，和蔼、睿智的中年人，依靠圣经的道德标准和美国的法律精神破案。《上帝的天使》很快被扩充为拥有二十六个故事的侦探小说集《阿布勒大叔：破案高手》（*Uncle Abner, Master Mysteries*, 1918）。到了1943年，美国作家利莲·托雷（Lillian de la Torre, 1902—1993）又发表了以历史人物塞缪尔·约翰逊（Samuel Johnson）为侦探主角的短篇小说《英格兰国玺》（*The Great Seal of England*），她同样将该短篇小说扩充为有多个故事的侦探小说集《萨姆博士：约翰逊侦探》（*Dr. Sam: Johnson, Detector*, 1948）。在这之后，西方目睹了历史侦探小说的高速发展。一方面，英国作家阿加莎·克里斯蒂（Agatha Christie, 1890—1976）出版了古埃及背景的长

1　Lenny Picker. *Mysteries of History*, Publishers Weekly, March 3, 2010.

篇历史侦探小说《死亡终局》（*Death Comes as the End*, 1944）；另一方面，美国作家约翰·卡尔（John Carr, 1906—1977）又出版了拿破仑战争题材的长篇历史侦探小说《狱中新娘》（*The Bride of Newgate*, 1950）；与此同时，荷兰外交家、汉学家、收藏家、作家高罗佩（Robert van Gulik, 1910—1967）还推出了基于中国公案小说传统的系列历史侦探小说"狄公探案"（*Judge Dee series*）。这些单本的、系列的历史侦探小说的问世，为当代西方历史侦探小说的全面崛起做了有益的铺垫，尤其是"狄公探案"，采用长、中、短三种小说形式，数量多达十六卷，在东、西方均产生了持久的轰动效应，被认为是早期西方历史侦探小说的成功"范例"。[1]

"狄公探案"系列历史侦探小说始于1949年高罗佩的一本中国公案小说译作《狄公断案精粹》（*Celebrated Cases of Judge Dee*）。故事的侦探主角狄公（Judge Dee）在中国历史上实有其人。他名叫狄仁杰，生活在唐朝（618—907），一生为官，两次出任宰相，是所谓的青天大老爷。有关他廉洁自律、为民请命、秉公办案的故事很早就在民间流传。到了清朝末年，一位无名氏将这些民间故事整理成长篇公案小说《武则天四大奇案》（亦名《狄公案》或《狄梁公四大奇案》）。高罗佩在中国任外交官期间，对该书产生了浓厚的兴趣。他在进行了详细考据之后，将其中基本符合西方侦探小说传统的前三十回翻译成英文出版。之后，又亲自出马，尝试创作了以狄公为侦探主角的历史侦探小说《迷宫奇案》（*The Chinese Maze Murders*, 1952）。该历史侦探小说出版后，居然是本畅销书。从此，高罗佩一发不可收拾，先后接受芝加哥

1　Carl Rollyson. *Critical Survey of Mystery and Detective Fiction*, Revised Edition. Salem Press, INC, printed in USA, 2008, p.1783.

大学出版社及其他图书出版公司的稿约，继续创作了十五卷狄公案历史侦探小说。它们是：《铜钟谜案》（*The Chinese Bell Murders*, 1958）、《黄金谜案》（*The Chinese Gold Murder*, 1959）、《湖滨谜案》（*The Chinese Lake Murders*, 1960）、《铁针谜案》（*The Chinese Nail Murders*, 1961）、《红阁子奇案》（*The Red Pavilion*, 1964）、《朝云观奇案》（*The Haunted Monastery*, 1961）、《御珠奇案》（*The Emperor's Pearl*, 1963）、《漆画屏风奇案》（*The Lacquer Screen*, 1962）、《晨猴·暮虎》（*The Monkey and the Tiger*, 1965）、《柳园图奇案》（*The Willow Pattern*, 1965）、《广州谜案》（*Murder in Canton*, 1966）、《紫云寺奇案》（*The Phantom of the Temple*, 1966）、《太子棺奇案》（*Judge Dee at Work*, 1967）、《项链·葫芦》（*Necklace and Calabash*, 1967）、《黑狐奇案》（*Poets and Murder*, 1968）。这些"奇案""谜案"也全是畅销书，不断再版、重印，直至2014年，还有麦克法兰图书出版公司（McFarland）的新版本出现。

与此同时，"狄公探案"系列小说的影响又渐渐从美国、英国、加拿大、澳大利亚、新西兰延伸到法国、德国、西班牙、荷兰、瑞典、芬兰、日本和中国。1982年，甘肃人民出版社率先在中国推出了陈来元、胡明翻译的《四漆屏》（*The Lacquer Screen*）。紧接着，中原农民出版社、北方妇女儿童出版社、北岳文艺出版社、中国电影出版社、海南出版社、贵州大学出版社也各自推出了这样那样的狄公案全译本和节译本。各种各样的续集、改写本也不断涌现。"狄公探案"被多次搬上银幕，仅在中国大陆，就有电影《血溅画屏》（1986）、《恐怖夜》（1988）、《奇屏谜案》（2009），电视连续剧《狄仁杰断案传奇》（64集，1986）、《神探狄仁杰Ⅰ》（30集，2004）、《神探狄仁杰

Ⅱ》（40集，2006）、《神探狄仁杰Ⅲ》（48集，2008）、《神探狄仁杰Ⅳ》（50集，2013）。

二

作为早期西方历史侦探小说创作的一个成功范例，"狄公探案"小说系列展示了这一小说类型的诸多特征。首先，它是侦探小说，遵循侦探小说之父爱伦·坡（Allan Poe, 1809—1849）的"破案解谜六步曲"，亦即介绍侦探、展示犯罪线索、调查案情、公布调查结果、解释案情发生的原因和经过、罪犯的服输和认罪。其次，它又是历史小说，涵盖了历史小说之父沃尔特·司各特（Walter Scott, 1771—1832）所创立的大部分市场要素，如异国情调、哥特式气氛、英雄主义、骑士精神等等。而且，其作者本人，也像上面提到的许多当代历史侦探小说的作者一样，是个精通历史学、考古学的专业人士，只不过专业研究的对象，并非众人趋之若鹜的古希腊、古罗马或中世纪欧洲文明，而是当时并不被看好且有点冷僻的东方语言文化。

高罗佩，原名罗伯特·范·古利克，1910年8月9日生于荷兰聚特芬（Zutphen）。父亲是个医生，曾先后两次在荷属东印度（Netherland East Indies, 今印度尼西亚）服役。自小，高罗佩随父母侨居在殖民地，在当地学习汉语、爪哇语和马来语，由此对亚洲文化，尤其是中国文化产生了浓厚的兴趣。1923年，父亲退役后，高罗佩随全家回到荷兰，定居在奈梅亨（Nijmegen）。1929年，高罗佩从奈梅亨市立中学毕业，入读莱顿大学，主修东方殖民法律和（荷属东）印度学，以及中日语言文学，后又到乌特勒支大学深造，学习现当代中国史以及藏文和梵文，并以论文《马头明王诸说源流考》（*Hayagriva, the Mantrayanic Aspect of Horse-cult in China and Japan*）获得东方语言学博士学位。高罗佩的语言才能和专业知识很快得到回报。1935年，他被荷兰外交部录用为助理翻译，并被派驻东京，任荷兰驻日公使馆二等秘书。1941年，太平洋战争爆发，荷兰成为日本的对立面，高罗佩与其他同盟国的外交人员一道被遣离日本。1943年3月，他从印度加尔各答来到中国重庆，与那里的荷兰使馆人员会合，出任荷兰政府驻重庆大使馆一等秘书。其间，他结识了同在大使馆秘书处工作的中国名媛水世芳，两人结为伉俪，先后育有三子一女。战争结束后，高罗佩离开中国回到海牙，出任荷兰外交部政务司远东处处长，一年后又去了美国，任荷兰驻美使馆顾问。1948年，他被任命为荷兰驻日本东京军事代表处顾问，1951年又离开东京前往新德里，任荷兰驻印度大使馆文化参赞。1953年，他再次被召回，任外交部中东暨非洲事务司司长。1956年至1959年，高罗佩担任荷兰驻黎巴嫩全权代表，1959年至1962年又担任荷兰驻马来西亚大使。1965年，他作为驻日大使第三次被派驻东京。任上，他被诊断出患了肺癌，不得不返国治病。1967年9月24日，他在海牙辞世，享年五十七岁。

高罗佩一生以外交官为职业，辗转海牙、东京、重庆、南京、华盛顿、新德里、贝鲁特、吉隆坡等地，工作异常繁忙。尽管如此，他还是不忘初衷，挤出时间从事自己所喜爱的东方语言文化研究。他的研究兴趣很广，琴棋书画、小说戏曲无所不包，而且成果颇丰，几乎每隔一至两年就出版一本书。1941年由日本上智大学出版的《琴道》（*The Lore of the Chinese Lute*）是西方第一本系统介绍中国古琴的专著。在书中，高罗佩基于大量中国古代文献，对中国古琴的起源和特征、琴人的心境和原则、琴曲的意义和内涵、演奏的象征和意象，做了详尽的论述。而1944年在重庆出版的《明末义僧东皋禅师集刊》（*Collected Writings of the Ch'an Master Tung-kao, a Loyal Monk of the End of the Ming Period*），则是一部填补中国佛学史空白的开山之作。该书成书时间长达七年，期间高罗佩遍访中日名刹古寺、博物馆院，共觅得东皋禅师遗著和遗物三百余件。1958年，他耗时十余年完成的《书画鉴赏汇编》（*Chinese Pictorial Art as Viewed by the Connoisseur*）又在罗马远东研究社出版。全书内容分两部分，前一部分泛论中日屋宇的式样、书画的悬挂方法以及装裱技术的衍变，后一部分讲述毛笔的构造、墨的制作、纸绢的特质、书画真赝的鉴别，堪称一部东方艺术鉴赏大全。

不过，高罗佩的最大学术成就当属中国古代性文化研究。1949年，因日文版《迷宫奇案》的一幅封面裸体插图，高罗佩开始对中国古代性文化产生兴趣。他广集史料，探幽索隐，费尽周折收集历朝历代春宫画册，又参阅了一系列的明末情色禁书，终于辑成了中国古代性文化的拓荒之作《秘戏图考》（*Erotic Colour Prints of the Ming Period*, 1951）。该书共分三卷。卷一《秘戏图考》是正文，用英语写成，分"上""中""下"三篇，讨论了自公元前226年至公元1664年中国历代王朝与性有关的历史文献、春宫画简史以及他所收藏的《花营锦阵》对题跋文字的注释和翻译，并附有"中国性术语"和"索引"。卷二《秘书十种》系中文卷，收录了卷一所引用的重要中文参考文献，包括《洞玄子》《房内记》《房中补益》《天地阴阳交欢大乐赋》《某氏家训》《纯阳演正孚佑帝君既济真经》《紫金光耀大仙修真演义》《素女妙论》以及《风流绝畅图》题词和《花营锦阵》题词。卷后有附录，分乾（旧籍选录）和坤（说部撮抄）两部分，所录各项均为极其珍贵的中国古代性文化研究资料。卷三《花营锦阵》影印了他所收藏的《花营锦阵》的所有春宫画,外加所题艳词。在这之后,高罗佩继续中国古代性文化研究,且时有新的发现,适逢荷兰图书出版商建议他撰写一部面向更多西方读者的中国古代性文化著作,于是便有了洋洋数十万言的《中国古代房内考》(*Sexual Life in Ancient China*, 1961)的问世。相比《秘戏图考》,该书的社会文化史研究气息更浓,且内容上有增补,还更新了许多旧的译文,添加了许多新的引文;观点上有修正,尤其是强调爱情的高尚意义,反对过分突出纯肉欲之爱。直至今日,该书仍是东西方性学家了解中国古代性文化的重要参考文献。

三

正是以上历史学、考古学方面的惊人成就,让高罗佩发现了《武则天四大奇案》等中国公案小说的价值,并选择性地翻译、出版了《狄公断案精粹》。在该书的"译者前言",高罗佩指出,多年来西方读者所理解的中国侦探小说,无论是厄尔·比格斯(Earl Biggers, 1884—1933)的"查理·张"系列小说(*Charlie Chang series*),还是萨克斯·罗默(Sax Rohmer, 1883—1959)的"傅满洲系列小说"(*Fu Manchu series*),其实都是"误判"。真正的中国侦探小说是《武则天四大奇案》之类的中国公案小说。这类小说早在1600年就已经存在,时间要比爱伦·坡"发明"侦探小说的年代,或者柯南·道尔(Conan Doyle, 1859—1930)"打造"福尔摩斯的年代,早出几个世纪。而且这类小说多有特色,主题之丰富,情节之复杂,结构之缜密,即便是按照西方的标准，也毫不逊色。然而，由于一些文化传统的原因，迄今这类小说不为广大西方读者所知。他呼吁西方侦探小说作家应该关注这一被遗忘的角落，积极改写或创作以中国古代清官断案为主要内容的侦探小说。[1]鉴于和者甚寡，1950年，他亲自操刀，尝试创作了以狄公为侦探主角的《迷宫奇案》，以后又费时十七年，将其扩展为一个有着十六卷之多的狄公探案系列。

而且，也正是以上历史学、考古学的惊人成就，让高罗佩在创作这十六卷狄公案时有意无意地融入了较多的中国古代文化元素。"漆画屏风""柳园图""朝云观""紫云寺""红阁子"，这些书名关键词本身就是一幅幅色彩斑斓的风俗画，给西方读者以丰富的中国古代文明想象；而小说中的许多故事场景，如"迷宫""花亭""半月街""桂园""乐苑""黑狐祠""白娘娘庙""罗县令府邸"，也无疑是一道道风味独特的精神大餐，令西方读者一窥东方建筑。此外，还有许多与案情有关的主题物件，如竖琴、棋谱、毛笔、画轴、香炉、算盘、绢帕，也不啻一件件极其珍稀的古文物展示，勾起了西方读者对中国传统文化的无限向往。

当然最值得一提的是，"狄公探案"蕴含的道家思想和诗化手段。在《迷宫奇案》，故事刚一开始，高罗佩就描绘了一个仙风道骨的太原府狄公后裔。他头戴黑纱高帽，身穿宽袖长袍，胸前白髯飘拂，举止谈吐不凡。正是他，讲述了狄公当年在兰坊县任上所破解的三桩命案。之后，故事套故事，小说中又出现了一个鹤发童颜、双唇丹红、目光敏锐

1 *Celebrated Cases of Judge Dee: An Authentic Eighteenth-Century Chinese Detective Novel*, Translated and With an Introduction and with Notes by Robert van Gulik, Dover Publications, Inc, New York, 1976, pp. i-v.

的道家隐士，他于狄公断案百思不得其解之际指点迷津。由此，狄公锁定了余氏财产争夺案的真正凶犯。同样高贵、脱俗、飘逸的道家隐士还有《项链·葫芦》中的葫芦老道。同传说中的道家神仙张果老一样，他骑着一头长耳老驴，鞍座后面用红缨带拴着一个大葫芦。小说伊始，在松树林，他不期而至，给不慎迷失方向的狄公指路。接下来，还是在松树林，他协助狄公击退了凶狠歹徒的袭击，让狄公得以完成公主的重托。末了，依旧在松树林，他再遇狄公，自报真名，细述身世，并赠予其大葫芦，然后语重心长地留下嘱咐："大人，现在您最好把我忘了，免得将来还会想起我。虽说对于未知者，我只是一面铜镜，会让他们撞头；但对于知情者，我是一个过道，进出之后便了事。"[1]

显然，高罗佩在暗示读者，狄公之所以能屡破奇案，是因为有"高人"相助，而这"高人"并非别的，乃是他所信奉的"清静无为""顺应天道""逍遥齐物"的老庄哲学。事实上，现实生活中的高罗佩也是一个老庄哲学推崇者。在《琴道》的"后序"，高罗佩曾经谈到自己的抚琴体会，认为其秘诀在于遵循老子说的"去彼取此，蝉蜕尘埃之中，优游忽荒之表，亦取其适而已"[2]。接下来的正文，他进一步明确指出："我认为道家思想对琴道衍变有决定性的优势，或者说，虽然琴道的产生及基本观念源于儒家，但内涵却是典型的道家。"[3]此外，在《中国古代房内考》中高罗佩也有类似的说法："道家从自己与自然的原始力量和谐共处的信念中得出合理结论，并固定下来，称之为道。他们认为人

1　Robert van Gulik. *Necklace and calabash*. University of Chicago Press, Chicago, 1992, p. 92.

2　Robert van Gulik.*The Lore of the Chinese Lute: An Essay in the Ideology of the Ch'in*.Sophia University, Tokyo, 1941, pp. xiii.

3　Ibid, p. 49.

类的大部分活动，都是人为的，只起到疏远人和自然的作用，由此产生非自然的、人工的人类社会，以及家庭、国家、各种礼仪、专横的善恶区分。他们提倡回复到原始质朴，回复到一个长寿、幸福、没有善恶的黄金时代。"[1]

如果说，在狄公案中，道家思想是高罗佩欲以推崇的精神食粮和破案利器，那么效仿唐代传奇小说和明清章回小说，对小说故事情节做诗化处理，便是他编织案情的重要手段。这种诗化手段，在狄公案前期问世的一些卷册，如《迷宫奇案》《铜钟谜案》《黄金谜案》《湖滨谜案》，主要表现在每章有两句对仗工整的诗歌标题，以及正文起首插有几句韵味十足的题诗。前者起着点明全章主要内容的作用，而后者往往也从作者的视角，感叹世事人生、因果报应，同时赞誉清官替天行道、为民申冤，与正文叙述有着某种唱和的效应。如《黄金谜案》第三章诗歌标题"入县衙主簿慌张，闯后园狄公受惊"[2]，概括了该章主要描写狄公一行四人进了蓬莱县衙，并着手调查前任县令遇害案；而《湖滨谜案》题诗"神笔录尽人间事，万物皆有源与头；无奈凡夫灵犀欠，不谙其意枉自愁。公堂端坐父母官，生杀之权大如天；倘若心少浩然气，草菅人命臭人间"[3]，也以极其简练的语言，歌咏了天下之大，无奇不有，法网恢恢，疏而不漏，为民父母，除害雪冤，从而有效地呼应、烘托了

1 Robert van Gulik. *Sexual Life in Ancient China: A Preliminary Survey of Chinese Sex and Society from Ca. 1500 B. C. till 1644 A. D.*Leiden, E. J. Brill, 1974, pp. 42-43.

2 Robert van Gulik.*The Chinese Gold Murders: A Judge Dee Detective Story*. Perennial, An Imprint of Harper Collins Publishers, New York, 2004, p. 20.

3 Robert van Gulik. *The Chinese Maze Murders: a Chinese detective story suggested by three original ancient Chinese plots*. The University of Chicago Press, Chicago, 1997, p. 1.

小说主题。狄公案后期问世的一些卷册，如《漆画屏风奇案》《御珠奇案》《紫云寺奇案》《黑狐奇案》，尽管考虑到西方读者的持续接受程度，不再有如此诗化形式，但仍出现了相当数量的对仗工整、韵味十足的诗歌。这些诗歌多半与案情相互交织，成为案情侦破的关键。以《漆画屏风奇案》为例，在正文第十一章，狄公偕竹香去地下的妓院暗访，看见床壁上贴有一首七言绝句，并从前后两句的字迹，推测是年轻画家冷德和滕夫人银莲合写，也据此断定此前滕知县所说"生死伉俪"完全是编造的。一个由婚姻不幸导致妻子出轨、继而被杀的复杂命案终于大白于天下。

四

　　然而，高罗佩并非不分良莠、一味地融入中国古代文化元素。也还是在他的《狄公断案精粹》的"译者前言"，高罗佩总结了《武则天四大奇案》等中国古代公案小说的五大"弊端"。首先，小说伊始即介绍罪犯，细述犯罪的经过和动机，从而丧失了故事基本悬念。其次，崇尚神鬼等超自然力量，法官能潜入冥王地府与受害者对话，动物、炊具也能上法庭做证。再有，故事冗长，情节拖沓，动辄数十章，甚至数百章。再有，出场人物过多，难以分清主次、理清线索。最后，惩罚罪犯过分，残忍地诉诸暴力。[1]

1　*Celebrated Cases of Judge Dee: An Authentic Eighteenth-Century Chinese Detective Novel*, Translated and With an Introduction and with Notes by Robert van Gulik, Dover Publications, Inc, New York, 1976, pp. ii-iv.

以上"弊端"，高罗佩在创作狄公案时已经剔除。整个谋篇布局，仍沿用西方古典式侦探小说的创作模式，并突出运用了许多行之有效的创作技巧。譬如阿加莎·克里斯蒂式的"高度悬疑"，几乎每卷都有这样的设置。典型的有《紫云寺奇案》，故事一开始，读者就被置于紧张的悬疑之中而不能自拔。漆黑的寺庙外，隐约现出一块溅洒鲜血的石头；一对男女鬼鬼祟祟，借着微弱的灯笼光线朝井边拖拽尸体。他们是谁？为何要弃尸古井？被害者又是谁？但未等读者找出答案，新的悬疑接踵而至。从古董店买来贺寿的紫檀木盒，莫名其妙地留有求救纸片。一夜之间，国库五十锭金变成一堆铅条。而原本是两个无赖之间的争斗命案，凶手却要费事地剁下受害者的头颅？并且，狄公的得力助手两次险遭杀害，衙役们已是一死一重伤。直至最后，罪犯一一被擒获，狄公细述案情，所有谜团解开，读者才恍然大悟。原来百年寺庙早已成了藏污纳垢之地。而《朝云观奇案》的悬疑设置更有特色，整个故事情节集中在一个密闭时空，命案迭起，案中有案。狂风暴雨夜，狄公一行人前往百年道观借宿。倏忽间，对面塔楼现出一男与一残臂裸女相搂的身影。此前，已有三个年轻女子在那里蹊跷身亡。紧接着，戏班子又有伶人"假戏真做"，险些酿成大祸。狄公循迹调查，又遭人暗算。更不可思议的是，众目睽睽之下，前任住持玉镜讲道时突然"仙逝"。之后，现任住持真智又坠楼暴毙。种种蛛丝马迹，指向道观一个辞官修道的孙太傅。然而他为何要谋害数条人命？又能否逃脱法律制裁？如此悬疑，一直持续到小说结束。

又如柯南·道尔式的"科学探案"，这一技巧的运用集中体现在小说主要人物形象的提升和重塑。在高罗佩的笔下，狄公已经不单是那个为政清廉、刚正不阿、体恤民生，只凭聪明才智断案的青天大老爷，而是融博学、勤政、亲民于一身，依靠仔细调查和缜密推理破案的"科学"神探。他手下的几个随从，马荣、乔泰、陶干和洪亮，也一改"四肢发达、头脑简单"的性格描写窠臼，变成有血有肉、智勇兼备的破案搭档。作为一方父母官，狄公不但熟悉辖区具体政务，还擅长同各种各样的人打交道，了解他们的喜怒哀乐和实际需求。尤其是，他深谙犯罪心理学，勤于现场勘查，善于从蛛丝马迹中寻找破案线索，并层层剥茧抽丝，缜密推理。在《漆画屏风奇案》第五章，高罗佩以十分细腻的笔触，描述了狄公如何在沼泽地查看一具女尸的情景：

> 狄公重新掀开裹盖女尸的袍服。除了那袍服外，女尸一丝不挂，一把短剑从左侧乳房直插胸部，露出剑柄。剑柄周围有一摊干涸的血。他继而细看那剑柄，发现质地为白银，上面镂刻了美丽的花纹，不过年代已久，呈现出黑色。他断定，这把短剑是一件稀世古董，只因那个乞丐不识货，在盗窃耳环和手镯的时候，没有将它拔出带走。他摸了摸那只乳房，表面冷而黏湿，接着又抬起她的一只胳膊，觉得还有弹性。看来，这个女人被害的时间不过几个时辰。他想着，这安详的神态，简便的发型，裸露的胴体，赤裸的双脚，都说明她是在床上熟睡时被害的。[1]

这段描写，与柯南·道尔在《巴斯克维尔的猎犬》中描述福尔摩斯现场勘察爵士死因简直有异曲同工之妙。不过，高罗佩没有无限拔高狄公，

---

1 Robert van Gulik. *The Lacquer Screen: a Chinese Detective Story*. The University of Chicago Press, Chicago, 1992, p. 52.

而是描写他有时也会被假象蒙蔽而犯错，也会因怀疑自己判断有误而心虚。此外，他还有七情六欲，不但娶有三房夫人，还看见美丽、善良的女人就动心。《铁针谜案》中暗恋郭夫人便是一例。小说描写了狄公邂逅这位容貌端庄、知书达理的仵作妻子后的种种爱慕心理。当获知她同样以铁针杀害了自己无恶不作的前夫后，狄公陷入了矛盾，欲绳之以法又心中不忍。郭夫人跳崖自尽后，狄公一夜未眠，"他感到非常疲惫，想过平静的退隐生活。但随之他明白，自己不能这样做。退隐意味着不想担当任何责任，而他却有太多的责任"[1]。这也令人想起英国侦探小说大师埃·克·本特利（E. C. Bentley, 1875—1956）在《特伦特绝案》中所描写的那个"已食人间烟火"的大侦探特伦特，他在推断门德尔松夫人杀害自己丈夫之后，选择了悄悄离去，因为门德尔松敛财堕落，消除他等于消除了罪恶。

再如约翰·卡尔的"密室谋杀"。所谓密室谋杀，是指罪犯在一个完全封闭、看似无法出入的空间环境内所实施的谋杀，往往产生一种独特的惊悚、神秘的效果。高罗佩似乎谙于这一技巧，在大部分卷册都有展示。《红阁子奇案》中的举人李琏和花魁娘子秋月先后"自杀"，显然是一种密室谋杀，因为两人均死在卧室，房门紧锁；而《朝云观奇案》中的前任住持玉镜"讲道时突然仙逝"，也是与密室谋杀不无联系，因为众目睽睽之下，凶手没有任何作案机会。最令人玩味的是《迷宫奇案》中的丁将军被杀案。高罗佩先是在第八章，透过狄公的视角，描述了十分密闭的案发现场：

1　Robert van Gulik. *The Chinese Nail Murders*. The University of Chicago Press, Chicago &London, 1977, p. 200.

狄公迈步跨过书斋门槛，举目环视。书房很大，呈八边形，墙上高处有四扇小窗，窗纸莹白，阳光透过窗纸，漫入室内甚是柔和。窗户上方，有两个小孔，供通风之用，均有栅板相隔。除了窄门，书斋墙上再别无其他开启之处。

　　书斋中央正对门放着一张乌木雕花大书案，只见一人身穿墨绿锦缎便袍软软地伏于书案之上。此人头枕弯曲左臂，右手伸于书案之上，手中握有一红漆竹制狼毫，一顶黑色丝帽掉落于地，灰白长发暴露无遗。[1]

　　接着，他又借陶干和丁秀才之口，说明了凶手不可能自由进入案发现场的缘由。一是房门乃进入书斋的唯一通道，墙壁、书架上的窗户和挡有栅板的通气孔洞以及窄门，均未见暗道机关；二是丁将军先亲自开锁进入书斋，丁秀才跟着进入下跪请安，其时管家就站在丁秀才身后，直至丁秀才起身，丁将军才将房门合上，而平时书斋房门总是紧锁，唯一的钥匙也由丁将军随身携带。但就是这样一个看似无法破解的密室谋杀案，狄公通过仔细调查和严密推理得出了答案。原来杀死丁将军的是他手上执握的那管珍贵的狼毫。之前凶手将狼毫作为寿礼送给了丁将军，但狼毫内藏有浸透毒液的飞刀，上有弹簧，用松香封住。丁将军初次写字时，自然要烧掉狼毫笔端的毛刺，于是松香受热，弹簧启动，飞刀弹出结果了他的性命。

　　此外，还有盖尔·威廉（Gale Wilhelm, 1908—1991）的"女同性恋描写"，也对高罗佩的狄公案创作产生了较大的影响。尽管小说没有出

1　Robert van Gulik.*The Chinese Maze Murders: a Chinese detective story suggested by three original ancient Chinese plots*.The University of Chicago Press, Chicago, 1997, pp.88-89.

现任何女同性恋侦探，但出现了相关人物和细节描写，而且这些描写往往与案情的发展有关，甚至成为案情侦破的关键。仍以《迷宫奇案》为例。在该书的第二十四章，高罗佩几乎用了整整一章的篇幅来描绘女同性恋李夫人的外貌以及看见黛兰时的异样神态：

> 黛兰看那李夫人，面相周正，但五官略嫌粗大，双眉稍浓……黛兰燃旺灶内余火……顷刻厨房香味扑鼻……然而李夫人只吃了半碗便放下碗筷，将手置于黛兰膝头……角落里有两只水缸，一冷一热……黛兰提起热水缸盖……快速褪去衣裤，舀了几桶热水倒在盆内。待其舀取冷水时，猛地听得身后有异动，旋即转过身去……李夫人边说，边盯着黛兰。黛兰顿时觉得十分惧怕，忙俯身捡取衣裤。李夫人走上前来，霍地从黛兰手中夺走下衣，厉声问道："你怎么又不沐浴了？"黛兰惊得忙赔不是。李夫人猛地将黛兰拽到身边，轻声说道："姑娘何须假正经！你这身段甚是漂亮！"

当然，像盖尔·威廉的《我们也在漂浮》（*We Too Are Drifting*，1934）一样，高罗佩如此不厌其烦地细述女同性恋性爱的目的是给接下来的情节高潮做铺垫。果真，李夫人求爱不成，便凶相毕露，并丧心病狂地用白玉兰之死来威胁黛兰。只见她将布帘一拉，梳妆台现出白玉兰的血淋淋头颅。正当李夫人的尖刀刺向黛兰之际，窗外跃入了彪形大汉马荣，眨眼工夫他便打落了尖刀，又将李夫人的双手绑定。至此，白玉兰失踪案告破。

立足西方古典式侦探小说创作模式，选择性融入中国古代文化元素，一切以故事情节生动为准则，高罗佩的十六卷"狄公案"就是这样成为早期西方历史侦探小说的成功范例，同时也赢得世界千千万万读者的青睐。

黄禄善

2017年10月26日

黄禄善，上海大学外国语学院教授，上海作家协会会员、上海翻译家协会理事，英国皇家特许语言家学会中国分会副会长。译有《美国的悲剧》等十部英美长篇小说，主编过八套大中小外国文学丛书，其中由长江文艺出版社、花城出版社出版的"世界文学名著典藏"（精装豪华本）近二百卷。

高罗佩·大唐狄公探案年表

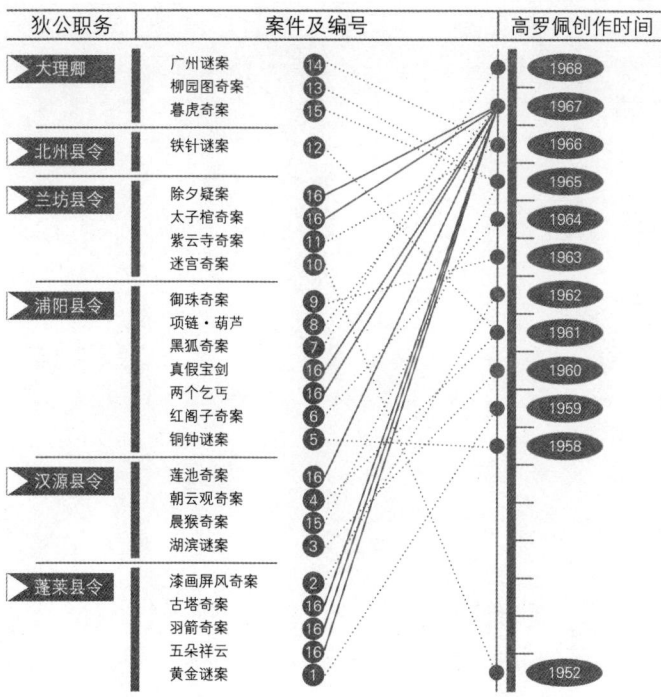

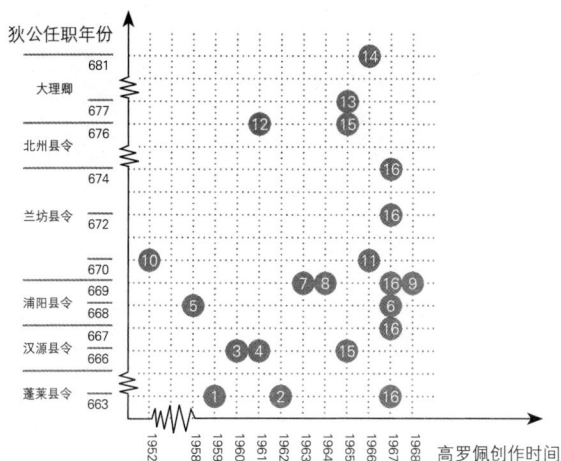

狄公职务		案件及编号	高罗佩创作时间

大理卿 — 广州谜案 14 / 柳园图奇案 13 / 暮虎奇案 15 — 1968 / 1967

北州县令 — 铁针谜案 12 — 1966

兰坊县令 — 除夕疑案 16 / 太子棺奇案 16 / 紫云寺奇案 11 / 迷宫奇案 10 — 1965 / 1964 / 1963

浦阳县令 — 御珠奇案 9 / 项链·葫芦 8 / 黑狐奇案 7 / 真假宝剑 16 / 两个乞丐 16 / 红阁子奇案 6 / 铜钟谜案 5 — 1962 / 1961 / 1960 / 1959 / 1958

汉源县令 — 莲池奇案 16 / 朝云观奇案 4 / 晨猴奇案 15 / 湖滨谜案 3

蓬莱县令 — 漆画屏风奇案 2 / 古塔奇案 16 / 羽箭奇案 / 五朵祥云 16 / 黄金谜案 1 — 1952

狄公任职年份

大理卿 681 / 677
北州县令 676 / 674
兰坊县令 672 / 670
浦阳县令 669 / 668
汉源县令 667 / 666
蓬莱县令 663

高罗佩创作时间 1952 1958 1959 1960 1961 1962 1963 1964 1965 1966 1967 1968

目录

太子棺奇案

本案发生在663年，距狄公首次外放蓬莱县令还不满七日。上任伊始，狄公便遇到三桩奇案（详情请参见《黄金奇案》。书中提到了蓬莱县发达的造船业以及富有的大船东易鹏）。本案发生时，狄公正与易鹏及另外两人在书斋内议事，狄公提议将私营造船业置于官府的掌控之下，经过仔细的协商，众人终于就此事达成了一致。

"诸位，"带着一丝满意的微笑，狄公对其他三人道，"我想，此事可以告一段落了。"

众人约从未时中开始议事，此刻已过了酉时正，商议了两个半时辰，但结果却令狄公大感欣慰。

"今日所拟之条律，似已涵盖所有可能之情况。"胡乘风一字一句地说道。他是个衣着端严的中年人，曾任刑部尚书的幕僚。看了看坐在右首的大船东华敏，他又补充道：

"有此条律，华公与易公之间的纷争可望公平解决。华公以为如何？"

"'公平'一词甚好，"华敏一脸苦相，自嘲地说道，"小民乃一介商贾，'图利'二字似更合我心。若能与易公放手一搏，鹿死谁手，虽难预料，但小民获利定更为丰厚。"

"私营造船业危及我朝海防，大唐岂容私商霸市。"狄公断然道，"诸公今日已议多时，又蒙乘风在造船技艺上进献良策，方有如此明白晓畅之律令使所有船商一体遵循。本县还望两位依律行事。"

易鹏若有所思地点了点头。狄公对这个精明、诚实的商人颇为赞赏，但对狡诈且欠了一屁股风流债的华敏，则不予置评。狄公示意师爷为众人添茶，随后便仰靠在太师椅上。天气原本闷热，此时却有一丝凉风吹来，斗室之内顿时飘进窗外木兰花的芬芳。

易鹏放下茶碗，探询地望了望胡、华二人：他们该告退了。

这时，门开了，洪亮——狄公的心腹幕僚——闯了进来。他趋近书案，禀道：

"大人，衙外有人急事求见。"

狄公注意到洪亮脸上的表情，便对其他三人道：

"诸位，容本县先行告退。"

狄公随洪亮走出房门，来到廊下。洪亮压低嗓音禀道：

"大人，来人是胡府的管家，因胡夫人自尽，特来报于大人。"

"什么！"狄公大惊。"让他在衙外等候。此事我会亲自转告胡公。胡夫人是怎么死的？"

"禀大人，是上吊自尽的。今日午睡时死在花园的凉阁内，管家发现后便立即前来禀报。"

"胡公真是不幸啊。此人虽过于谨小慎微，却尽忠职守，办案清明，深得我心。"

狄公感伤地摇了摇头，回到房内。入座后，他声音低沉地对胡乘风说道：

"贵府管家有要事禀告，是有关尊夫人的。"

胡乘风握住椅子扶手，"我夫人她出了何事？"

"胡公，尊夫人自尽了。"

胡乘风尚未站起，便又跌坐在椅子上，泣不成声：

"她近来落落寡合，令我大为忧虑，果不其然……"

他遮住双眼，强撑着问道：

"大人，她，她是怎么死的？"

"据贵府管家说，尊夫人系自缢而亡，他现在正等你回府。我即刻派仵作前去，想必你也想尽快让官府查验具结。"

胡乘风似已呆了。"自缢！"他讷讷自语，"我走后才不过一个时辰啊！这该如何是好？"

"胡公，请放心，我等必鼎力相助。"华敏安慰道。他又抚慰了几句，易鹏也连声劝慰，但胡乘风却已痴了。只见他呆呆地盯着空中，面孔痛苦地扭曲着。突然，他转向狄公，犹豫片刻后说道：

"感谢大人的好意。但仓促之间，在下实难……大人能否派人代我处置此事？在下想回府……等仵作查验完，到那时，尸身已……"胡乘风乞求地望着狄公，再也讲不下去了。

"胡公，此乃情理之中。"狄公毫不犹豫地答应了。"你留在此地，我与仵作前往贵府查验。胡公从不吝于妙计相助，今日又在衙内操劳半日，本县会安排薄棺一具，略尽微力。胡公切勿推辞。还望易、华二公多多照看乘风，我一个时辰之后便可回来。"

洪亮正在院内等候，与他在一起的是个留着小胡子的矮胖男子。洪亮引着管家见过狄公。

狄公对管家说道：

"此事胡大人已知，你可以回府了。我即刻便到。"

他又对洪亮道："你到文案馆将现有文案理出，我回衙后与你同看。马荣、乔泰何在？"

"禀大人，他二人在校场操练兵马。"

"好。叫班头带两名衙役跟我到胡府，让他们把尸体抬入棺内。今晚无事，马荣和乔泰操练结束后便可歇息了。传仵作，备轿！"

胡府的宅子较为简朴，矮小肥胖的管家正在狭小的前院恭候狄公的到来。门内两个眼圈红肿的丫鬟六神无主，彷徨四顾。班头扶着狄公下了轿，狄公命他与两名衙役在前院等候，自己则与仵作跟着管家向凉阁走去。

小个子管家将他们引到廊上。回廊绕着房舍，通向阔大的花园，花园四周是一圈高高的围墙。沿着修剪整齐的曲折花径，他们来到花园的最深处。在两棵高大橡树的遮护下，一座八角形的凉阁耸立在圆形的砖台上。凉阁飞檐翘起，绿瓦铺就的阁顶上有一镀金圆球，支柱及雕刻着繁复图案的棂窗上涂着明亮的红漆。狄公走上四级大理石台阶，拉开了门。

这凉阁内空间虽小，阁顶却很高；阁内闷热，充斥着某种燃香浓重而怪异的气味。狄公的目光立刻被一张倚墙而放的竹榻所吸引：榻上直挺挺躺着一个女人，身躯似已僵硬。她面朝墙壁，浓密的乌发披在肩上；身穿白色的夏季丝质长袍，纤纤金莲上套一双缎子绣花鞋。狄公转向仵作，道，"你去验看尸体，我来开具尸格。""管家，把窗子打开，此地甚为闷热。"

狄公从袖筒内抽出一张公文纸，放在门边的角桌上。他略略检视了一下房间的陈设，发现当中一张花梨木雕花圆桌上放着一把茶壶和两只茶碗。方形的茶壶已被撞倒，壶嘴正对着一只扁平的铜盒，铜盒旁边有一根长长的红绫。桌边摆着两把高背椅，两窗之间安置了两排湘妃竹书架，架上摆着书籍和几件古董。除此之外，再无别的家具。墙的上半部镶以木板，上面刻着数首名诗。房间布置得颇为安逸、雅致。

管家已推开了最后一扇窗。他走到狄公身边，指了指横跨圆形阁顶的粗组的红漆横梁，只见当中一段横梁上飘荡着一根红绫，绫端稍有些纰裂。

"大人，小的们，就是小人和夫人的养娘，发现她的时候，她就吊在那儿。"

狄公点点头："今晨胡夫人是否有些郁郁不乐？"

"没有，大人。夫人在午饭前还欢欢喜喜的，可后来华敏老爷来拜访我家老爷之后，她就……"

"你是说华敏？他来此地做甚？他本应未时到我衙内与你家老爷一起到我衙内碰面的。"

管家一脸的尴尬，他犹豫片刻，答道：

"当时小人正在厅上伺候两位老爷喝茶，因此两位老爷讲的话，小人难免要听见两句。小人听见华老爷请我家老爷在大人您面前为他美言两句。他还说要给我家老爷一大笔……嗯，银子。当然，我家老爷可是义正词严地回绝了他。"

这时仵作走近狄公，禀道："有一处甚为怪异，请大人亲往看视。"

狄公见仵作满脸焦虑，便简短地命管家道，"去把养娘带来！"说完就向竹榻走去。此时仵作已把女尸的头转了过来。那张脸虽扭曲变形，却依稀可辨平日的清丽。狄公估计她在三十上下。仵作撩起女子的长发，让狄公看左太阳穴上一处很重的瘀青。

"大人，有两点令我疑惑，此其一也。"他慢慢说道，"还有，死因虽为窒息，颈骨却无一错位。我量了一下挂在那里的红绫长度、桌上环索的长度，以及那女子的身高，因此不难想象当时的情形：她踩上那把椅子，又爬上那张桌子，把红绫搭到梁上，一端做一活扣，拉紧后拴在梁上，另一端做一绳环，绕在颈上，然后从桌上纵身跃下，打翻了茶壶。她吊在那里时，双脚离地必只有几尺，所以绳环才慢慢收紧，因而没有折断颈骨。我不禁思量，她为何不在桌上再放一把椅子，要是那样的话，会直接拉断脖颈，从而死得更快些。想到这里，再想到太阳穴上那处瘀青……"仵作顿时住口，意味深长地看了狄公一眼。

"你所言极是。"狄公说道。他拿起那张公文纸塞回袖筒。老天知道，不知道他什么时候才能签写这张尸格。狄公叹息了一声，问道：

"此妇是何时身亡的？"

"大人，这就难讲了。尸体虽尚有余温，四肢也还未僵硬，但眼下天气炎热，房内又密不透风。"

狄公漫不经心地点了点头，目光却凝注在那只铜盒上。那铜盒五角圆圆，长约三寸，高约一寸，铜盖镂空，成五只相连的螺旋，透过镂空处可见褐色的灰烬填满了铜盒。

仵作顺着狄公的目光望去。"那是只燃香时计。"他说道。

燃香时计的图案

"这确是只燃香时计。盒盖镂空，挖成五朵祥云的式样，每只螺旋即是一朵祥云。若从一端点燃此香，火星便会沿着螺纹一路燃去。你看，壶嘴倾出的茶水浇湿了第三只螺旋的中央。在此，香燃到一半便熄灭了。若知道此香何时点燃，到达第三只螺旋的中央又需多长时间，便可查明此妇何时自尽，或被……"

狄公止住了话头，因为管家走了进来，跟在他身后的是一个年约五十的胖妇人。妇人身穿干净的褐色布衫，圆脸庞上仍残留着几道泪痕。一看见竹榻上那具尸首，她又止不住呜咽起来。

"她服侍胡夫人多久了？"狄公问管家。

"回大人，有二十多年了。她是夫人娘家的用人，三年前跟随夫人进的胡府。人虽不太机灵，心眼却好，夫人对她很是信任。"

"莫要哭了！"狄公对养娘喝道，"夫人的死，对你确如晴天霹雳，但只要你速速回答本县的问话，夫人便可入棺为安。告诉本县，你认得这只燃香时计吗？"

养娘用衣袖擦了擦眼泪，无精打采地答道：

"大人，我当然认得。这香可燃五个时辰，每朵云一个时辰。我走开之前，夫人怪这里有股霉味，我便点了这盘五云香。"

"那是在何时？"

"回大人，快未时中了。"

"那是你最后一次见到夫人，是吗？"

"是的，大人。当时我家老爷正和华老爷在厅上谈话，奴婢随着夫人穿过厅房到这里来。过了一会儿，老爷进来看夫人睡下了没有。夫人让我倒了两盏茶，说酉初前不需要我在旁伺候，又嘱咐我也小睡一会儿。夫人对我们下人真是体贴啊！奴婢回到房中，让管家从卧房里把老爷新做的鸽灰长袍拿出来，老爷下午进衙议事时要穿。接着老爷也回来了。管家伺候他更衣后，老爷就命我把华老爷领进来，随后二人便一道走了。"

"你是在何处找到华老爷的？"

"回大人，在花园里，他正赏花呢。"

"没错，"管家叫了起来，"两位老爷在厅上谈过话，这件事小人已跟大人您回过了。我家老爷请华老爷稍待片刻，他说要去跟夫人告辞、更衣。看样子，华老爷孤零零一个人待在厅里感到无趣，便跑到花园里赏起花来。"

"我明白了。是谁先发现尸体的，你还是养娘？"

"大人，是奴婢。"养娘答道，"将近酉时，我来这里伺候。我……我看见夫人她就吊在那儿，就在那根梁上。奴婢就奔出去叫来了管家。"

"小人立刻爬到椅子上，"管家接着说，"把红绫割断。养娘用手臂抱住夫人，小人把绳扣弄松，和养娘一起把她抬到竹榻上。可这时夫人呼吸已没了，也听不到心跳。小的们拼命想把她救活，但已来不及了，只能赶紧跑到县衙去禀报我家老爷。要是小人早点发现的话……"

"你已尽力了，管家。我想想，你说夫人在午饭时分还是欢欢喜喜的，直到华老爷来了，对吗？"

"是的，老爷。夫人一听见小人禀报华老爷来访，面色陡地就变白了，逃也似的退到厢房里。小人看见她……"

"你肯定是弄错了！"养娘粗声粗气地打断管家的话，"是奴婢陪夫人从厢房到凉阁里去的，奴婢可没发现她有何不快。"

管家大为恼怒，正待张嘴辩驳，狄公把手一摆，简短地说道：

"你到门房查问一下，你家老爷和华老爷走后，下人们还放什么人进来过，为何而来，又待了多长时间。快去！"

管家匆匆忙忙地走了。狄公在桌旁坐下。他捋着长髯，默不作声地打量着面前这个双目低垂的妇人，然后突然说道：

"你家夫人业已身亡，你需将所知之事细细禀告于我，以助本县查明是谁逼她自尽的。快讲，为何华老爷的造访会令她不快？”

养娘恐惧地望着狄公，支支吾吾地答道：

“大人，奴婢真的不知。奴婢只知道，这十几天来夫人曾瞒着老爷去过两次华府。奴婢想陪她一道去，但方公子说……”突然，她缩住了口，懊恼地咬着下唇，脸涨得通红。

“谁是方公子？”狄公厉声逼问道。

养娘蹙起眉头，额上现出几道深深的皱纹。踌躇了一会儿，她耸耸肩，说道：

“罢了，这事迟早要露馅，再说他二人又没差了礼数。大人，那方公子是个画画的，穷得叮当响，又是个病秧子。他曾住在离这儿很近的小客栈里。六年前，夫人的父亲，就是致仕的刺史大人，聘了方公子教夫人学画。夫人那时才二十出头，方公子也是青春年少，风流潇洒，难怪他二人彼此看上了。大人，方公子可是个好人哪，他父亲还是个有名的秀才呢！谁想他却把家产都败光了。”

“这且不论。他二人可有不轨之事？”

养娘使劲地摇了摇头，毫不迟疑地答道：

“从来没有，大人！方公子原想请人向老刺史提亲。他虽一贫如洗，出身却很显赫，说不定老刺史会答应这门亲事的。可就在这时，方公子咳嗽得越来越厉害。他去看了医生，那医生说他得了无药可救的肺痨，年纪轻轻就会死去。方公子跟小姐讲，今生他俩难结秦晋，过去的一切就像一场短暂的春梦。为此，他要远走异乡。小姐恳求他留下来，她说他俩仍将是好友，一旦方公子病重，小姐也好就近照料。”

"小姐嫁入胡府后，是否仍与方公子有来往？"

"是的，大人，就在这红阁里。但他俩只在白天见面，奴婢也寸步不离。奴婢发誓，方公子从未碰过夫人一指头啊，大人！"

"你家老爷知道他俩会面的事吗？"

"不知道，当然不知道！我们总是等老爷走后才行动的。奴婢把夫人写的短笺送到方公子那里，他便从花园角门溜进来，与夫人在这阁里吃杯茶。夫人成亲三年来，他俩一直没断过见面。奴婢知道，没有这几次难得的会面，方公子肯定活不到今天。况且，夫人又是那样喜欢跟方公子说话，奴婢就守在旁边，总是……"

"你纵容他二人幽会，"狄公冷冷地说道，"可能就是纵容了谋杀。因为你家夫人不是自杀，而是被谋杀的。确切地说，是在申时末被杀的。"

"可是大人，方公子怎会与这事有关？"养娘号哭着嚷道。

"这正是本县要查明的。"狄公冷冷地说道。他转向仵作，说道："我们到门房去吧。"

班头和两名衙役正坐在前院的石凳上歇息。看见狄公，他们慌忙站了起来。班头向狄公施了个礼，问道：

"大人，是否让这几个衙役抬一具棺木来？"

"不，现在还不必。"狄公边走边不耐烦地答道。

看门人住的小木屋里，管家正在责骂一个穿着蓝衫的干瘪老头。两个轿夫笑嘻嘻地望着屋内，津津有味地听着。

"大人，这老匹夫硬说他没看见有人进过府门。"管家怒气冲冲地禀报，"不过，老东西倒是承认他申时在睡觉。真不知羞耻。"

狄公没有理睬管家，却出人意料地问道：

"你可认识一个姓方的画师？"

管家摇了摇头，惊得目瞪口呆。那年纪较大的轿夫却叫了起来：

"大人，小人认得。俺爹在街的拐角开了家铺子，他常去那儿吃面。一个时辰前，小人还看见他站在花园门口。"

狄公转向仵作，说道：

"让轿夫带你去找方画师，把他带到此地，切勿让他知道胡夫人的死讯。"

他又命管家道："带我去厅房，本县要在那里会会方公子。"

厅房实在狭小，但几件简单的家具却是用上好的木料打制而成。管家请狄公在圆桌旁的太师椅上坐下，又为他倒了杯茶，便小心翼翼地退了出去。

狄公慢慢啜着茶，颇为满意，凶手终于露出了马脚。他希望仵作找到画师，这样便可立即讯问此人。

仵作回来得很快，比狄公预计得要快。与他一道进来的，是个身穿蓝衫、腰系黑色棉布腰带的瘦高男子。那蓝衫虽破旧不堪，却洗得干干净净。他年在三旬左右，相貌清奇，唇上留着一抹短髭，几绺头发从褪了色的黑帽中冒了出来。狄公注意到，他的眼睛很大，而且异乎寻常的明亮，高高的颧骨上现出两团红潮。狄公做了个手势，让他在桌子另一侧坐下。仵作为他倒了杯茶，仍站在这人椅后。

"方公子，久仰大名，"狄公和蔼地说道，"本县诚盼与君一晤。"

画师用他那双修长、敏感的手理了理衣褶，文质彬彬地说道：

"大人有此雅兴，晚生不胜荣幸。但晚生并不认为县令大人唤我到胡府，只为谈诗论画。"

"这里的花园里出事了，方公子。本县正在寻找证人。"

方公子惊得直起身，焦急地问道：

"出事了？我想，不会是胡夫人吧？"

"确实与她有关，方公子。此事发生在申时，就在凉阁之内。而你恰好在那段时间来看过她。"

"她出了什么事？"画师难以抑制地叫道。

"你心中有数。"狄公冷冷地说，"因为正是你杀了她！"

"她死了！"方公子大叫一声。他把脸埋在手掌中，瘦削的双肩耸动着。过了很长一段时间，他抬起头，恢复了镇定，审慎地问道：

"大人，晚生深爱着她，胜过世上的一切。我如何会杀她呢？"

"你是怕奸情暴露。她嫁人后，你仍逼她与你来往，而她却厌倦了这种关系。她对你说，若不终止私会，她就要向夫君告发你。今日你二人爆发了一场激烈的争吵，你便痛下杀手。"

画师慢慢地点了点头。

"对，"他顺从地说，"晚生以为，这一解释似乎合情合理。我确实在上述时间到过花园门口。"

"她知道你要来吗？"

"知道。今晨，有一街童交给晚生一张她送来的短笺，上书：事急，务求一见，请于申时二刻到花园门口，依旧敲击四下，养娘将引君入内。"

"你入园后发生了何事？"

"晚生并未入园。我叩门数次，园门依旧紧闭。我在门边徘徊，最后又敲了一次，见仍无动静，只好转身回去了。"

"让我看看那张短笺。"

"恕晚生不能，因那短笺已依她所嘱毁掉了。"

"你是说你没杀胡夫人？"

方公子耸了耸肩。"若大人无法找到真凶，晚生极愿担此罪名，为大人分忧。反正我也将不久于人世，死在床上还是死在刀下，对我来说，并无分别。她死了，我更无借口在这世上苟延残喘。我钟爱的，我的画笔，早已离我远去。数年来缠绵病榻，早已熄灭了我作画的激情。但是，如果大人认为查明杀害这无辜女子的凶手仍有一线希望，那么，要我顶下罪名而放走真凶就毫无道理。"

狄公久久地凝视着他，若有所思地捻弄着长须。

"胡夫人是否常通过街童传递信息？"

"不，大人，常是养娘来送信，且从未嘱我销毁。但晚生熟悉她的语气和笔迹，那短笺确为她亲手所书。"

一阵剧烈的咳嗽打断了他的话。他掏出一方纸巾擦了擦嘴，漠然地看着上面那点点鲜血，接着说道：

"晚生不知她有何急事要找我商谈，又是谁要置她于死地。我与她，与她家人相识十载，深信他们在世上绝无半个仇人！"

他轻抚唇髭，补充道：

"他夫妇二人情深意长。乘风虽稍嫌呆板，对夫人却很是疼爱，素来体贴入微。即使夫人久未生育，也从未轻言纳妾。胡夫人对夫君也甚为敬仰和爱慕。"

"可是，这倒并不妨碍她背着夫君与你相会！"狄公嘲弄地说道，"对有夫之妇来说，这是最大的恶行，更不必提你了。"

画师傲视狄公。

"大人怎会了解！"他冷冷地说道，"清规戒律如一张巨网将大人困在其中。我与胡夫人的友谊无可指摘。我二人私下相会，仅是因为乘风太过迂腐，会跟大人一样视这样的会面为大逆不道。我与夫人皆不愿伤害他。"

"你二人对他倒是体贴得很哪！既然你与胡夫人相交甚厚，你可知她近来为何惶惶不安？"

"是的。她的父亲老刺史不善理财，欠了大船商华敏一大笔债。一个月前，这阴险的高利贷主逼迫他以田产抵债，但刺史却难以割舍。这田产在他家世代相传，而且他觉得有责任照顾田庄佃户的生计，而华敏那家伙只会榨干这些可怜人的最后一滴血。老人家苦苦哀求华敏宽限至秋收之后，那时至少可将那笔惊人的利息还上。但华敏却执意不肯，他是想趁机廉价侵占田地。为此，胡夫人日夜忧心。她让我陪她去过两次华府，费尽唇舌想说动华敏改变主意。但这畜生却说，只要夫人肯陪他睡觉，他才肯考虑考虑！"

"胡乘风知道夫人到华府的事吗？"

"不知道。我二人深知，听到岳丈身背重债却无能为力，乘风定会因此沮丧不已。如大人所知，除了几两俸银，乘风别无所有。"

"你二人对他真是关怀备至！"

"乘风该当如此。他品性高洁，唯一欠缺之处是无法当夫人的诗朋画友。这个角色她只能找我充当了。"

"的确，我从未见过这样一个毫无情趣的人！"狄公厌恶地说道。

他站起身，命仵作道："将此人交给班头作为疑凶监禁。你与两名衙役将死尸送到衙门，彻底查验。一有结果，即刻报给我，我在书斋等候消息。"

说完，狄公便大步离去，边走边愤怒地甩动着长袖。

胡乘风和两位船商正等候在狄公的书斋之内，师爷侍立在旁。看到狄公入内，他们欲起身施礼，但狄公摆了摆手，让众人不必起身。他在书桌后的太师椅上坐下，命师爷为众人添茶。

"大人，诸事都办妥了吗？"胡乘风闷闷地问道。

狄公将茶一饮而尽，然后把双臂放在桌上，缓缓答道：

"还未完全办好，胡公。我有个坏消息要告诉你，我发现尊夫人不是自杀，而是他杀。"

胡乘风喉咙里发出一声低叫，华敏和易鹏也惊异地对视了一下。

胡乘风脱口叫道：

"他杀？是谁下的毒手？老天啊，这是为什么？"

"所有的证据都对一个姓方的画师不利。"

"姓方？画师？我从未听说过此人。"

"我曾经说过，乘风，这是个不幸的消息，非常不幸。你与尊夫人成亲前，她便与这画师两情相悦。成亲后，他二人仍在花园的红阁内私下会面。尊夫人可能厌倦了画师，想结束这种关系。她知道你今日午后要去县衙公干，便送信给这画师，约他相会。如果夫人告诉他，他们的关系到此为止，画师便可能会杀了她。"

胡乘风直直地瞪着前方，薄薄的嘴唇抿成了一条线。易鹏和华敏尴尬万分，欲起身离去，留下狄公与胡乘风单独交谈。但狄公做了个手势，不由分说地让他们坐在原处。终于，胡乘风抬起头来问道：

"这恶棍是怎么害死她的？"

"她太阳穴上受了一击，失去知觉后，凶手在她颈间缚以红绫，吊在梁上令她窒息而亡。凶手打翻了茶壶，倾出的茶水熄灭了燃香时计。据此断定，凶案发生于申中时二刻左右。此外，有一人证看到方画师于那一时间在贵府花园门口徘徊。"

有人敲门，是仵作。他递给狄公一纸尸格。狄公迅速扫视了一下尸格，发现死因确为窒息。除太阳穴外，周身无其他伤痕。此外，死者已有三个月的身孕。

狄公缓缓地折起尸格，塞入袖筒，对仵作说道：

"告诉班头，放了方才收监之人；但仍需让他在捕房稍等片刻，本县有话要问。"

仵作走后，胡乘风站起身来，声音嘶哑地说道：

"若大人许可的话，在下想告退了。我必须……"

"还不忙，"狄公打断他的话，"本县想当着华、易二公之面问你一桩事。"

胡乘风一脸迷惑地坐了回去。

"胡公，你约在未时中离开夫人，"狄公继续说道，"之后便在此地待到酉时初管家来报信。众人皆知，胡夫人死亡可能发生在未时中至酉初之间的任一时刻。但当本县告诉你她自尽的消息时，你却说：'我走后不过一个时辰。'华、易二公俱在场，可为见证。你又怎知她是死于申中二刻的呢？"

胡乘风一言不发，瞪大了眼睛，不相信似的望着狄公。狄公突然厉声说道：

"还是让本县告诉你吧。约未中时，养娘一离开凉阁，你便对夫人下了毒手，且有意熄灭了时计。显然，你并未小觑本县。多谢抬举。你知道，若本县验过现场，定会发现胡夫人是他杀，再从时计上推断出凶案发生在申中二刻左右。你也算到本县迟早会发现方画师在这一时间到过花园，自然，那是被你那封假信诱骗而来的。胡公，好奸猾的计谋啊！但正是这精心策划的作案时间成了暴露你罪行的关键。你不断告诫自己：我永无嫌疑，因为罪案发生在申中二刻。所以你不经意间吐露了这样一句：我走后不过一个时辰。起初，本县并未注意到此话的蹊跷。但不久，我意识到，若方画师不是凶手、而你必是凶手时，便记起了这句话，而它最终也证明了你的罪行。五朵祥云，胡公，对你可不吉祥啊！"

胡乘风直起身，冷冷地问道：

"我为何要杀害自己的妻子？"

"让本县来告诉你吧。你早已发现她和方画师暗中相会，所以当她告诉你已有身孕时，你便决心用这一石二鸟之计将他二人一并除去。你以为方画师便是她腹中胎儿的生父。"

"他不是！"胡乘风突然尖叫道，"你想这可怜虫会……不，那是我的孩子，听见了吗？这对男女只会伤春悲秋，对我歌功颂德！我亲耳听见过他们对我的赞美。这体面却乏味的丈夫，虽占有她的身体，却怎能了解她那高贵的内心？我……我只能……"狂怒之下，他失去理智般语无伦次。等他深吸口气、镇定一下情绪后，便较为平静地继续说道：

"我岂能要一个生着娼妇脑子的女人的孩子，一个……"

"够了！"狄公断喝一声。他击了击掌，对应声而入的班头说：

"给这凶犯带上锁链，关进大牢。本县明日要在大堂上听他供认罪行。"

班头把胡乘风带走了。狄公对易鹏说道：

"易公，师爷将送你出府。"

他转向另一个船商，又说：

"华公，请在此稍待片刻，本县想与你私下谈谈。"

房间里只剩下狄、华二人。华敏讨好地说道：

"大人挥手之间便侦破此案。想那胡……"

他悲天悯人地摇了摇头。狄公严肃地望着他。

"本县起初怀疑方画师是凶手，却总觉有些不妥，"他淡淡地说道，"那些证据过于完整，而杀人风格又与他的本性不符。回衙时我让轿夫绕道而行，于路途当中推敲关键。我断定只有胡府中人才能编造这些证据，而这人只能是胡乘风。受骗的丈夫向奸夫淫妇进行报复，这便是杀人的动机。但为何胡乘风要等到今日才动手？胡夫人送信给方画师之事，他一清二楚；他二人私下相会，他定也早就知道。等到我看到尸格上注明胡夫人怀有身孕时，我才断定，正是此事让他痛下杀手。尽管行凶动机与本县推测有所不同，但促使凶手孤注一掷的事件，却与本县所料一致。"

狄公阴沉地盯着华敏，继续说道：

"这些假证据只能是府内人所设计，只有胡府中人才熟悉燃香时计和胡夫人的笔迹。正是这点使你脱了干系，华公！"

"大人，我？"华敏张大了嘴巴叫道。

"正是。本县知道胡夫人去过贵府，知道她拒绝了你无耻的条件。胡乘风虽对此一无所知，方画师却知道。这便使你有了杀人动机：把她和姓方的一起除掉。而且你也有下手的时机，大约未时中你在花园里，胡夫人也正孤身在凉阁内。华公，你虽未杀人，却引诱良家妇女，方先生便是人证。你还妄图贿赂，胡府的管家便是人证。你中午拜访胡府时，他凑巧听到了你二人的谈话。明日本县便要在大堂之上以这两项罪名判你入狱，而你在蓬莱的家业就要毁于一旦了，华公。"

华敏跳了起来，正要跪下哀求狄公怜悯，狄公却很快地说道：

"我可以不抓你，但你要答应付两笔罚金。其一，你今夜便给胡夫人之父写信，告诉他可在任何时间还你那笔款子，且无须再付利息。信后具名，信皮封缄。其二，你必须雇方画师为你的船作画，每幅一两银子。"

他一摆手，打断了华敏感激涕零的谢恩声。

"当然，这罚金只能暂缓惩治你的罪行，本县若再听到你威逼良家妇女，定会一并追究今日之罪。现在到捕房去吧，你会在那里见到方画师的，先付五两银子当定金。你下去吧。"

吓破了胆的船商飞快地溜走了。狄公从椅子上起身，走到敞开的窗前。他细细品味着木兰花似有若无的清香，喃喃说道："即使不赞成一个人的道德观，也不能看他贫困而死，却袖手不管啊！"

沿海的蓬莱县是狄公外放的第一任所。负责民事的最高官员县令和统领唐朝海防驻军的守捉使共同管理这一地域。县令和守捉使各司其职，权责分明，民事和军事极少交叉。但是，狄公就任蓬莱县令仅一个多月，便意外卷入一场纯粹的军方事件中。《黄金奇案》一书中曾提到，距蓬莱县城下游三公里处有一座巨大的军寨，建在河口，用来防御高丽水军的侵袭。本书讲述的凶杀案就发生在这一壁垒森严的军寨之内。这是涉及男人的事件，没有女人出场，有的只是从头绕到尾、绵延不绝的公文。

正在一页一页翻阅文书的狄公从文案堆中抬起头，愠怒地对坐在桌对面的两个人说道：

　　"你二人能否安静地坐着？不要坐立不安的，好吗？"

　　说完，他又把头埋进了文案堆里。他那两名膀大腰圆的侍卫——马荣和乔泰，下了好大的决心，准备老老实实地坐在凳子上。可时间不长，马荣就偷偷向乔泰点了点头，后者遂受到了鼓励，把一双大手朝膝盖上一放，张开大嘴便要说话。可就在这时，狄公将文书一推，不悦地说道：

　　"可恼啊可恼！这第四〇四号怎会不见了！方才我以为必是洪亮昨日前往州府前匆忙间放错了，但就是寻不着。"

　　"大人，会不会在第二卷中？"马荣问道，"那卷也标有

'申'的字样。"

"一派胡言！"狄公哂道，"我难道没有告诉过你吗？军寨官书共有两类标有'申'字，一类为人事，一类为采买。在采买类的文书中，第四〇五号记载购买皮腰带一事，其上清楚地注明：参见第四〇四号。所以，毫无疑问，第四〇四页应属采买类，而非人事类。"

"大人，这些官样文章真把我搞得一头雾水。再说，这两类文书只是军寨方面传来的副本。在军寨而言，大人，我们……"

"这不仅仅是官样文章，"狄公毫不客气地打断了他的话，"这是日常公务的书面记录。缺少这些文书，我大唐社稷便会陷于瘫痪。"

注意到两名侍卫深棕色的脸膛已黑了下来，狄公微微一笑，语气缓和地说道：

"你二人在蓬莱追随我已有一月。这一个月来的表现证明，你们完全能够胜任衙门里的粗活儿。但公人的职责可不仅仅是抓捕凶犯，他还必须对日常公务了然于胸，在细微之处精益求精，并且认识到这些细微之处的重要。这就是不解内情的局外人所说的'官样文章'。遗失的第四〇四号本身或许无足轻重，但正是由于它的缺失，才使它变得举足轻重。"

狄公把双手交叠在宽大的袖筒中，接着说道：

"马荣准确地观察到这两卷标有'申'字的文案都是副本，是军寨与长安兵部之间往来的公函。虽说其中涉及的军方事务与我们并无直接关系，但是，本县衙的每一纸公文，无论重要与否，都必须存放得井然有序。更为重要的是，都必须完整无缺。"

他伸出食指,强调道:

"从现在起,你们要记住,必须完全依赖文书,而只有这些文书完整无缺时,你们才能做到这一点。残缺的文书在一个井井有条的衙门里没有栖身之地,残缺的文书一文不值。"

"既然如此,那就把这卷劳什子扔到窗外去吧!"马荣嚷道。接着,他飞快地说道:"望大人恕小的无礼,可我和乔大哥心里难过啊!今天早上,我俩听说孟阔台——我们在此地最好的伙伴,前两天杀死了军寨的守捉副使苏龙,要吃官司了!"

狄公站起身来。

"你是说你二人认得孟阔台?前日我听人谈起过这个凶犯,但那时我正忙于撰写洪亮送往长安的公文,所以没有过问此事。不过,案件所涉皆为军寨军官,本县也不便过问。你二人又是如何认得孟阔台的?"

"是这么回事。"马荣答道,"二十多天前的一个晚上,他到城里来找乐子,被我和乔大哥在酒馆里撞见了。这家伙一身好武艺,拳脚功夫甚是了得,更是军寨内第一神箭手。哥几个一见如故,此后,只要晚上无事,他便跟我们哥们聚在一处。可那些人却说他射死了苏副使,净是些胡言乱语!"

"别急,"乔泰安慰着他的好兄弟,"大人定会让此案水落石出的。"

"大人,是这么回事,"马荣急急地说道,"前日苏副使……"

狄公举起手打住了他的话头。

"一来，"他淡淡地说道，"我不便干涉军寨内的事；二来，即使插手此事，我对凶犯的传闻也不感兴趣。既然你们认识此人，可将其人其事说与我听，使我心中有数。"

"老孟是个直肠子，不晓得拐弯抹角，"马荣忍不住嚷了起来，"我们哥俩跟他打过架，酗过酒，也玩过女人。大人，我跟您说，只有这样才能试出一个男人究竟是好还是孬。苏副使对手下很严苛，老孟也曾挨过他的痛骂。我想象得出，总有一天老孟会暴跳起来把苏副使打倒在地。但如果真那样的话，老孟马上就会自首，因为他敢做敢当。趁他人熟睡之际把人杀死，事后又百般抵赖。不，大人，孟阔台可做不出这等事，绝对做不出。"

"你知道守捉使方将军对此事的看法吗？"狄公问道，"我猜，军寨方面的案件由他主审。"

"没错，"乔泰答道，"他还判定这是预谋杀人。方将军沉默少言，目中无人。但有传言说，尽管所有的证据都对孟阔台不利，但方将军对这一结论却闷闷不乐。由此可见，孟阔台深得人心，就连守捉使大人也不例外。"

"你二人最后一次见到孟阔台是在什么时候？"狄公问道。

"是在苏副使被杀的前夜，"马荣说道，"我们哥几个在码头边的螃蟹店里一起吃的晚饭。那夜稍晚，两个高丽商人也加入了我们。我们五人痛痛快快地喝了一场。将近三更时分，乔大哥才把老孟扔进回军寨的军船上。"

狄公坐回到椅子上，慢慢捋着鬓边长长的美髯。马荣起身给狄公倒了杯茶。狄公啜了几口，把茶杯一放，果断地说道：

"守捉使方将军曾来拜访过我，我却还未回访过他。今天时光尚早，若现在动身的话，午饭时分便可到达军寨。传我的话，让班头在前院备轿，送我们去码头。还有，本县要换官服出行。"

他从椅子上起身，看到那两名侍卫笑容满面的样子，又补充道：

"我必须提醒二位，我不能逼迫守捉使接受我的帮助，如果他没有请我帮忙的意思，此事便到此为止。但不管怎样，我会找机会向他索要那份遗失文书的另一副本。"

不到一个时辰，健壮的桨手便驾着沉重的官船来到了河的北岸。只见军寨那雄伟的寨墙便屹立在河岸的左侧；再往前走便是河水浑浊的河口，河道在此陡然变宽，一泻千里，在阳光下注入一望无际的大海。

马荣和乔泰纵身跳上码头。码头之上耸立着巍峨的寨门，把守寨门的头目弄清了狄公的身份后，连忙引着他穿过铺满碎石的庭院来到大堂。马荣和乔泰则留在门厅，因为狄公嘱咐过，让他俩留意有关这宗凶案的闲言碎语。

踏进大堂前，狄公赞叹地看了一眼那厚重、坚固的墙壁。这军寨竣工只有数载。当年高丽起兵作乱，其水军企图进犯大唐东北部海岸，因此大唐派军队远征高丽，两番恶战后终于令其臣服。高丽虽遭败仗，实力却不可小觑，发动突袭的可能性依然存在。因此河口一带，包括守护这一地带的军寨，被朝廷定为防御要地，虽位于蓬莱县境，却不归狄公管辖。

守捉使方将军站在台阶下迎候狄公。他把狄公带入内室，请他坐在自己身旁一张靠着后墙的宽大座椅上。

同上次到蓬莱县衙拜访狄公时一样,方将军举止端严,惜字如金。他身穿沉重的戎装,当胸一面护心镜,肩头两处银亮甲,浓密的银灰色眉毛下是一双阴郁的眼睛。他望着狄公,吐出了几个表示谢意的词语。

狄公寒暄了几句。方将军则粗着嗓子说,对像他这样老迈的军人而言,担任目前的官职真是力不从心。他说高丽人不会再兴风作浪,若要重整旗鼓,还需数年的时间。而作为守捉使,他却不得不管束一千余名关在寨中无所事事的将士。

狄公同情地安慰了几句,说道:"本县风闻最近营中发生了一起命案,凶犯已被抓获定罪,但我仍想多了解一些案情。大人知道,蓬莱是我外放的第一任所,我不想放过任何一个增长见识的机会。"

方将军目光凌厉地看了狄公一眼。他手指捻弄了一会儿银灰的短髭,便陡地站起身来,简短地说道:

"跟我来。我带你去案发现场,告诉你案发经过。"

经过守卫在门前的两排军卒时,方将军对站得笔直的军卒吼道:

"把郎将毛冲和郎将石朗带来见我!"

守捉使领着狄公穿过内庭来到一处两层的大楼前。登上宽阔的台阶时,守捉使低语道:"说句心里话,这案子令我寝食难安。"台阶上有四名军卒正坐在椅子上休息,看到二人过来,连忙起身致礼。守捉使带着狄公穿过长而空荡的走廊转向左走,走廊尽头是一扇沉重的大门,门锁上贴着盖有守捉使大印的封条。

方将军撕下封条，一脚踹开门，说道：

"这就是苏副使的房间，他便是在那张榻上被杀的。"

跨入门槛前，狄公迅速扫视了一下房间。房间宽敞、空阔。在他右首是一扇拱形窗户，高约五尺，宽约七尺。窗下的壁龛内放着涂有清漆的箭囊，里面装着十几支红竿铁头的羽箭，外面还散落着四支。房间里没有其他的门和窗。在他左首，立着一张刻痕累累、式样粗糙的木书桌，桌上放着一顶铁质帽盔和一支箭。靠后墙安着一张宽大的竹榻，榻上的芦席沾了几处不祥的赭色斑点。地板是粗糙的木地板，没铺地毯。

进入房间后，方将军说道：

"苏副使习惯操练结束后到这里睡上一觉，一般从午时正到未时正，起身后便到军官膳房用午膳。两天前，将近未时正，协助苏副使处理公文的郎将石朗来到此地。他本想与苏副使同去膳房，顺便谈谈一个姓高的校尉触犯军纪一事，可敲了半天门也没有回音。他想该不是走了吧，便推门进去想看个究竟，却发现苏副使就躺在那张竹榻上。他穿着胸甲，腹部却无防护，一箭正中此处，皮裤上鲜血淋漓。苏副使双手握着箭柄，显然是想把它拔出来。但你看，箭尖带钩。他一命呜呼了。"

方将军清了清喉咙，接着说道：

"可以想见当时的情形吧？苏副使进房后，随手把箭囊甩进壁龛，又摘下帽盔，扔在桌上，然后便躺到了榻上。因嫌麻烦，他没有脱掉盔甲和长靴。就在他渐入梦乡之际……"

这时，两个男子走了进来，很利落地抱拳施礼。方将军向那个身穿棕色皮衣的高个子做了个手势，让他靠近些。他有些含糊地说道：

"这便是发现尸体的郎将石朗。"

狄公上下打量着石朗。石朗宽宽的肩膀，猿猴似的长臂，蓄着连鬓络腮胡子，面色沉重，满脸风霜。他双目无神，神情阴郁地望着狄公。

方将军又指着另一个身材矮小的男子说道："这是军中执掌军纪的毛郎将，他负责此案。在与高丽征战时，毛郎将曾是我得力的细作，可谓精明强干。"

狄公见这人一副郎将的打扮，身披短小的铁铠，头戴尖顶头盔，下穿一条鼓鼓囊囊的裤子。

狄公略一还礼，心中暗想，毛冲这张尖削、刻薄的面孔透着狐狸般的狡猾。

"我正在为狄县令解说此案的经过，"方将军向这两人说道，"我想我们可以听听狄大人的高见。"

两人仍旧一言不发，最后还是石朗打破了沉默。他用低沉、沙哑的声音说道：

"希望县令大人另有高见。我不认为孟郎将是凶手，更不是个在别人睡梦中下毒手的凶手。"

"听听高见倒也无妨，"这毛郎将冷冷地说道，"我等只相信事实。有事实为根据，我们才会一致同意定罪。"

方将军紧了紧佩剑的腰带。他把狄公带到那扇高大的拱形窗前，指给他看对面的三层楼。

"对面那幢楼的一二层是寨中存放军需品的地方，没有窗子。阁下能否看到最高处的那扇长窗？那是军械库的所在。"

狄公看见，那扇窗与他身旁的这扇毫无二致。方将军转过身来继续刚才的话题：

"苏副使的双足正对着这扇窗。我们试以稻草人，证明这箭是从军械库的方向射来，而当时那里除了孟郎将外，再无他人在场。"

"距离不近啊，"狄公评论道，"我看，有六十余尺。"

"孟郎将可是我们的神射手啊。"毛冲插言道。

"初学者断不会有此身手，"方将军同意这一看法，"若是老手，再辅以弩机，倒可以做到。"

狄公点了点头，想了片刻，问道：

"我想，这箭不太可能是从房内射出的吧。"

"不会，"守捉使断然否定，"阶梯口及走廊尽头有四名军卒日夜把守。他们证实，苏副使进来后、石朗走之前，没有其他人经过此地。"

"凶手会不会爬上墙壁从窗户翻进房内，再用箭捅死苏副使呢？"狄公又问道。

看到在场三人一脸的不屑，他忙补充道："我只是想把所有的可能一一列出。"

"墙壁极其光滑，人是爬不上去的，"方将军道，"就是我们的'攀壁王'石朗也不能。再者，下面的庭院有军卒巡逻，有人在此表演爬墙绝技不可能不被发现。"

"我明白了。"狄公说道。他将着长长的美髯，接着问道："孟郎将为何要杀死苏副使呢？"

"苏副使虽精明能干，却脾气暴躁，常口吐秽语。四天前，他因孟郎将为高校尉开脱了几句，便当着众将士把他骂了个狗血喷头。"

"当时我也在场，"毛冲说道，"孟郎将虽隐忍不发，却脸色铁青。他思来想去，难忍这胯下之辱，便……"他意味深长地打住了话头。

"在这之前，孟郎将也曾受过苏副使的斥骂，他早已习惯了，并没有太在意这件事。"石朗说道。

狄公向方将军问道："方才你提到一位姓高的校尉触犯了军纪，是为了何事呢？"

"苏副使斥骂高校尉是因为他的皮带上有裂痕。高校尉不堪辱骂顶撞了他，苏副使便要严加惩治。孟郎将挺身而出，为高校尉说了两句公道话，苏副使便把一腔怒火发到了他的头上。"

"我也想为高校尉开脱开脱，"石朗说道，"所以晨操一结束便来到此处。我本想私下劝劝苏副使，他便会就此罢手，不再追究。谁想到造化弄人，孟郎将是庇护高校尉的恩人，而高校尉却正是目睹他恩人行凶的主要人证！"

"怎会这样？"狄公问道。

方将军喟叹一声。

"人人皆知这苏副使的习惯——晨操后睡个午觉，而孟郎将也有个习惯，就是午饭前到军械库舞弄一阵长矛。这汉子健壮如牛，从不晓得什么叫疲惫。两天前，孟郎将告诉寨内的军官，说他酒醉未醒，晨操后就不去军械库了。可他，还是去了！你看到上面那扇较小的窗户了吗？就是军械库那扇窗往左二十余尺的地方。那是个存放皮货的房间。军司库的人隔一两个月才会上去一趟，但这姓高的校尉因皮带破旧受了苏副使的责骂，一心想到那里调换一根。这人虽穷，倒甚是挑剔，很费了一番工夫挑挑拣拣，想找到一根合意的皮带。当他转到与军械库相连的那扇门时，凑巧向窗外一望，正望见石朗走进了苏副使的房间。他看见石朗突然在拱形窗那里停了下来，弯下腰，然后便挥舞双臂叫喊着奔出了房门。姓高的校尉打开储物室的门冲了出去，想看看对面楼上出了何事，没想到差点撞到孟郎将身上。后者正站在那里摆弄着一张弩机。他二人一起跑下楼，紧随着被石朗惊动的军卒来到这里。石朗随即通知了我和毛郎将。一到此地，我们就明白了箭是从何处射出的，于是便把孟郎将作为头号疑凶监禁起来。"

"为何不是那姓高的校尉呢？"狄公问道。

毛冲没有作声。他把狄公带到窗前，指点着让他看外面。狄公仰头望去，明白从储物室那里只能望见苏副使的房门以及拱形窗的前端，再远些，如竹榻那里，就看不到了。

"孟郎将对他出现在军械库里做何解释？"狄公问方将军，"他曾言之凿凿地说那日不到库中去的，是不是？"

方将军闷闷不乐地点点头。

"这呆汉说他本已回到房中躺下了，却看到一张苏副使写来的手令，命他未时正左右到军械库见面。问他手令现在何处，他说早就不知扔到哪里去了！我们认为，这一谎言正是他绝好的罪证。"

"此言不假，"狄公说道，"孟郎将未料到高校尉会到储物室去。若没有高校尉的惊扰，他大可潜回房中而不受怀疑。"他踱到桌前，拿起那支放在帽盔旁的羽箭。这箭约有一尺多长，比他想象中重得多。那铁制的箭头长而锋利，底部还带有两根恶毒的倒钩，上面沾着一些褐色的斑点。

"我猜这便是杀死苏副使的那根箭吧？"

方将军点了点头，道："箭上带钩，把它拔出来很费了我们一番工夫。"

狄公仔细检查着这支箭，只见箭身涂有红漆，箭尾饰以黑羽，箭头之下的箭身处紧紧地缠绕着一圈红丝带。

"此箭有何特别，"毛冲不耐地说道，"都是军中平常之物。"

"我看到这圈红丝带被撕裂了，"狄公回道，"沿着箭身有一些锯齿样的撕痕。"

众人不置可否。在他们听来，狄公的话似乎没什么高明之处。不过，狄公并未在意他们的反应。他叹了一口气，把羽箭放回桌上，说道：

"我必须承认，此案对孟郎将极为不利。他有行凶的动机，也有下手的时机，更有抓住时机所需的技艺。对此，我还要考虑考虑。但是，在离开军寨前，我想见见孟郎将，也许高校尉可以带我去见他。我还想见见所有与这宗命案有关的人士。"

方将军的目光在狄公脸上巡睃了一阵。他似乎有些犹豫，但还是高声向毛冲下了命令。

高校尉引着狄公来到了位于军寨后侧的大牢。狄公不露声色地观察着此人。他是个长相英俊的年轻人，合体的军服及圆形的帽盔都整洁干净。狄公想引他谈谈凶手，却只得到了几句简短的回答。看来这年轻人不是被吓坏了，便是紧张过了头。

牢房里关着的是个巨人。这巨人正背着双手在牢内走来走去。看到两人来到沉重的铁栅栏前，他眼睛一亮，用低沉的声音说道："伙计，真高兴见到你。有什么消息吗？"

"长官，县令大人在此。"高校尉怯怯地说道，"他有话要问你。"

狄公让校尉退下后，便对狱中人讲道：

"方将军告诉我，军中已判定你为预谋杀人。如果你想上书请求宽恕，本县愿意助你一臂之力。我的两名侍从马荣和乔泰都对你赞许有加。"

"大人，我没杀苏副使，"这巨人粗暴地说道，"但那帮人硬是指认我为凶手。那就让他们砍掉我的脑袋吧。这是军中的法度，人总有一死，何必上那鸟书求情！"

"如果你是清白的，"狄公接着说道，"那就意味着凶手是要把你和苏副使一起除掉。正是由于凶手送来的那张手令，你才成了替罪的羔羊。不过这样一来，疑凶的范围便大大缩小了。你想想看，有什么人既恨你，又恨苏副使的？"

"怨恨苏副使的人可以排成长队。他虽治军有方，但对手下却冷酷无情。即使只是轻微地触犯军纪，也要遭到鞭笞的刑罚。我嘛，我一直以为自己有的只是朋友，若是曾冒犯过谁，自己也未察觉到，故而帮不上什么忙。"

狄公默认了这一点。他想了片刻，继续说道：

"老实告诉我，案发前夜，你回到寨中都做了些什么。"

"那是一大清早！"孟郎将苦笑着说道，"您知道，我回来时已过了午夜！虽然乘船回来时有些不适，可我心里还是快活得很。那值夜的校尉，那个好伙计，把我扶进了房。我拖住他不放，逼着他听我讲我们哥几个过得有多开心。我拉拉杂杂地讲着，有些让人生厌吧。那两个高丽人真是好朋友，客气得没话说，抢着付酒账。他们一个姓朴，一个姓义。这些人的姓氏怪有趣的！"

他搔了搔乱蓬蓬的头发，接着说道："对，我想起来了！那校尉指天画地保证说六七天后还来，我才放他走的。我跟他讲，那姓朴的和姓义的还会弄到大把银子，他俩要给我和所有的兄弟大摆酒宴，办得像模像样。之后，我衣服也没脱就朝床上一倒，快活得像神仙一样！可第二天早上我就快活不起来了，头痛得像裂开一样！不管怎么说，我还是熬完了晨操。收操后，我舒了口气，心想总算可以回房睡一会儿了。可是，当我正准备扑到床上时，却看到了那张手令，我……"

"你看不出那是伪造的吗？"狄公打断了他。

"鬼才晓得！我对书法这玩意儿一窍不通。再说，那几个字虽像鬼画符，苏副使的大印却盖在上面。这可是真家伙——我在公文上见过不下一百次。要是没这大印，我就会把它当作兄弟们开的玩笑，拿去跟苏副使对证。但有了这印，这纸条便是真的。我立刻赶到军械库，因为苏副使不喜欢人家对他的命令问三问四！就这样，我惹祸上身了！"

"你在库中时，没有向窗外看看吗？"

"为什么要看？我想苏副使随时会进来的。我检查了几把弓，如此而已。"

"你在为什么人遮掩吧?"狄公喝道（高罗佩　绘）

狄公审视着孟郎将那张诚实的大脸。突然，他趋近栅栏，生气地喝道：

"孟郎将，你在为什么人遮掩吧！"

孟郎将红了脸。他用一双大手握住铁栅栏，吼道：

"胡说八道！你是文官，最好少管军寨的事情！"

他背转身，又踱起步来。

"悉听尊便！"狄公冷冷地说道。他走下台阶，狱卒已打开沉重的铁门，高校尉把他引到方将军的书房。

"大人对孟郎将有何看法？"方将军问道。

"我认为他不是那种趁人入睡时行凶的杀手，"狄公谨慎地说道，"当然，人心难测啊。随便提一下，将军总是将贵寨的往来公文的副本传给我，可有一张我不慎放错了地方，您能否再给我一份，好让我的文书完整无缺呢？此公文的编码为四〇四号。"

方将军显然对这出其不意的请求很是诧异，但他还是命令亲随到案卷房中将文书拿来。

亲随一眨眼的工夫就回来了。他递给将军两页纸，方将军瞥了一眼，便递给了狄公，说道：

"拿去吧，不过是例行公事罢了。"

狄公看见第一页纸是提升高校尉和其他三名校尉品阶的建议，其后附有四人的姓名、年龄及服役期，公文上还盖着苏副使的官印。第二页只有寥寥几行，大意是方将军催促兵部加快对此事的办理，上面盖有守捉使方将军的大印，注明日期，标着编号。

狄公摇了摇头。"一定是什么地方弄错了。缺失的那纸公文应该是关于军需品采购的事情，因为此页的下一页，也就是第四〇五号，是一份购买皮带的申请，'需参见第四〇四号'。因此'申'意味着采购申请，而非人事申请。"

"天知道！"方将军叫道，"书吏们难免有时出错，对不对？好啦，县令大人，您光临敝寨，我们不胜感谢。您对孟郎将一案有了定论后，请知会本将。"

狄公走出房门时，隐约听到方将军正对他的亲随们低声说着什么"愚蠢透顶的官样文章"的话。

正午，火辣辣的太阳把大门前的码头烤成了火炉。但船舶一入水，凉风拂面，令人身心舒爽。船尾的平台上遮盖着绿色的棚布，看船的军卒服侍着狄公和他的两名侍卫在平台的椅子上舒适地坐下。

众人落座后，军卒端来一把大茶壶，随后就钻进了船舱。泰一等他消失，马荣和乔便迫不及待地问了狄公一大堆问题。

"我确实不知道该如何处置此事。"狄公缓缓说道，"从表面上看，桩桩件件都对孟郎将不利，但我却隐约怀疑那呆子在为什么人遮掩什么事。你二人可曾听到什么消息吗？"

马荣和乔泰摇了摇头。乔泰说道：

"我们和把守寨门的校尉谈了许久。那日老孟和我们欢饮后回到军寨，正是此人当值。和寨内众人一样，他很喜欢老孟，所以不介意一而再，再而三地背老孟回房，虽然这活儿挺累人的。那天老孟直着喉咙唱着下流小调，恐怕全寨的人都被他吵醒了。

校尉也说，尽管老孟和苏副使没有很深的交情，但还是尊敬他是一位能干的长官。苏副使时不时地发发脾气，老孟也没太放在心上。"

狄公没有说话。他沉默良久，一面啜着茶，一面看着两岸逝去的田园景致。青青的稻田为河岸镶上翠绿的花边，几顶金黄的草帽不时在稻田中闪现，那是农人在田里耕作的身影。突然，狄公开口说道：

"石朗也认为孟阔台是无辜的。但毛冲，就是寨中的执掌军纪的郎将，却坚信他是凶手。"

"老孟常跟我们提起石朗，"马荣说道，"老孟箭术第一，攀岩功夫却是石朗坐头把交椅。这家伙力大无比，是训练军卒攀岩的教头。他们攀登时只穿贴身的小衣，还得光着脚好扒着墙面，脚趾头练得跟手指头一般灵活。他们攀住一个支撑点后，把脚趾塞进下面的空隙，再找上面的支撑点，这样一步步攀上墙顶。我真想哪天自己也试试！至于毛冲，那是个人见人厌的家伙——谁都这么说！"

狄公点点头。

"据孟阔台讲，你们的酒账是那两个高丽人付的。"

"噢，"乔泰有点警觉地说道，"那是因为我们跟他俩开了个玩笑！哥几个正喝得开心时，那姓朴的问我们做何生计。我们说咱三人是一伙强盗，那两人竟也信了，说哪天也要入伙！我们准备付账时，却发现这两人早已抢先付了。"

"但数天后，他们打京城回来，我们还会见面的。"乔泰继续说道，"因为姓朴的和姓义的还有三艘船的款子未到手。钱到手后，他们打算大大地庆祝一下。对了，马大哥，你听明白那有关这三艘船的笑话了吗？姓朴的和姓义的跟我们讲完那笔生意后，差点笑得滚到了桌子底下。"

"我也差点钻到桌子底下了。"马荣有点懊丧地说道。

狄公没有听到最后这句话。他捋了捋胡须，陷入了深深的思索。突然，他对马荣说道：

"告诉我那夜还发生了什么事！特别是孟阔台的一言一行。"

"好，"马荣答道，"乔大哥和我去了码头那家螃蟹店，里面又干净又凉爽。晚饭时分，我们看到军寨的船舶靠了岸，从里面走出老孟和另一个家伙。他们两人分手后，老孟便溜到我和乔大哥所在的酒馆。他说今日在寨内忙得一塌糊涂，晚上要好好吃一顿。我们大吃了一顿，然后……"

"孟阔台有没有提到过苏副使，或高校尉？"狄公打断了他。

"只字未提。"

"他看起来是否有什么心事？"

"他的心事是弄个可人意的小妞！"马荣咧嘴一笑，"所以我们就上了花船。一到那里，老孟便什么心事都没有了。我们在甲板上兜圈子时，姓朴的和姓义的也酩酊大醉地坐了艘小船来了。船上的姑娘使出了浑身解数，可这两人却睬也不睬，只是要酒，大瓶大瓶的酒，推心置腹地谈话。我们五人就一杯接一杯地赛起了酒量。后来的事我记不太清楚了。还是乔大哥接着讲吧！"

"那时你已醉得没了影子了！这且先放一放。"乔泰说道，"我嘛，过了一更天好些个时候，才帮着老孟把那两个高丽人弄进船里，那艘船会送他俩回运河另一侧高丽人的住地。老孟和我打了个呼哨，招来另一条船把我们送到码头，然后我吃力地把老孟送上等候在那里的军船。那螃蟹店离此不远，我就请店东准我留宿一晚。就这些。"

"我明白了。"狄公说道。

他又喝了几杯茶，猛然把茶杯一放，问道："我们现在何处？"

马荣望了望岸上，答道："我看，离蓬莱县城还有一半路程。"

"叫船夫掉转船头，划回军寨。"狄公命令道。

马荣和乔泰想弄清狄公为何突然如此，但狄公只说想证实两三处被忽略的地方。

回到军寨后，一位值勤的军卒禀道：

方将军此刻正与军师密商最新探得的机要军情。

"不必惊扰守捉使大人！"狄公对军卒说道，"带我去见毛郎将。"

面对一脸惊诧的毛郎将，狄公解释，他想再察看一下凶杀现场，希望毛冲亦能陪同前往，当个证人。

毛冲显得比刚才更为不屑。他带着三人下了楼，来到苏副使的房间。苏副使的门锁又被重新贴上了封条，毛冲撕下封条，请狄公入内。

进房前，狄公对马荣和乔泰说道：

"我要找一件小而锋利的东西，像带尖碎片、钉子头之类，大致就在这一范围内。"

他指点着门边到拱形窗前约占房间一半大小的正方形区域，随即便蹲下身开始一寸一寸地检视铺地的木板。两名侍卫也一块忙了起来。

"如果你们是在找一扇暗门，或诸如此类的机关，"毛冲的话里透着十二分的鄙夷，"就不能不让诸位失望了。要知道，这军寨才建了没几年！"

"在这儿，我找到了！"马荣指着窗前的一处地板嚷道——一根钉子头锋利地从地板上露了出来。

"好极了！"狄公叫道。

他屈膝审视着那枚钉子头，然后起身问毛冲道：

"要是郎将不介意的话，能否把粘在钉头上的红色东西剥下？同时还请仔细看看那木片上的棕色小圆点。"

毛冲挺直了身子，困惑地望着他指甲上的一丝红布。

"到时候，"狄公严肃地说道，"我会请毛郎将做证，证明那红布的碎片确是粘在钉子头上的，还有，钉子头周围那些圆点很可能便是溅出的人血。"毛冲激动地想问个究竟，狄公没有理睬。他从桌上拿起那支箭，把它插进钉子头附近的地板内。"这才是箭射出的正确位置。"想了一会儿，他问道："死者的私人物品，还有书桌中的物件，现在何处？"

毛冲被狄公命令的口吻给激怒了。

他冷冷地答道："这些物品分装在两只抽屉内，我已请守捉使大人封存，现在就在我的书房里。当然，我们这些粗莽的郎将岂能与县衙经验丰富、办案清明的老爷相提并论，但职责所在，我们还是知道的。这点我深信不疑。"

"对极，对极！"狄公颇为不耐烦地说道，"带我去你的书房！"

毛冲请狄公在他宽大的书案前坐下，马荣和乔泰仍站在门边。毛冲打开一只铁柜，从里面拿出两包厚纸包着的东西。他把这些东西放在狄公面前，说道："这就是我们从拴在苏副使颈下胸甲内的皮袋中发现的。"

狄公撕掉封条，把包内的物件一一放在桌上：一张折起来的军官身份牌，一张七年前买房的书契和一只正方形的锦缎印盒。他打开印盒，看到里面是空的，心中不禁一喜。

"我想，"他对毛冲说道，"这印章是在死者书桌的抽屉里找到的，对吗？"

"是的。印章在第二个纸包内。包里还有一些公文，也是我们在抽屉里找到的。我认为苏副使把他的大印随便扔在未上锁的抽屉里，真是太不当心了。一般来讲，大印应该随身携带。"

"确实如此。"狄公说道。他立起身补充道，"没必要再看了，我们去看看守捉使大人的议事是否已经结束了。"

守卫在议事厅门边的两名军卒通报道，议事刚结束，马上就要上茶了。狄公没有再跟他们多费唇舌，径自闯了进去。

方将军坐在大厅正中的主桌旁，他的左首坐着石朗和另一位狄公不认识的军官，右首坐着另外两名高级将领。高校尉在另一张小桌旁整理文书，他显然是记录此次议事的文书。看到狄公走了进来，厅里的人都起身施礼。

"冒昧打扰，望大人海涵。"狄公边说边向方将军的桌子走去。

"我来是想跟大人通报有关苏副使被杀一案的最新发现。我想有这几位将官在此，应当可以升堂审案吧，大人以为然否？"

"可以，如果算上毛郎将的话。"方将军缓缓地答道。

"好极！请把孟郎将带进来，这样的话，我们就可以像模像样地开堂审案了。"

方将军命侍卫带进孟阔台。然后，他拖了一把椅子到自己的桌旁，请狄公在他身边坐下。马荣和乔泰仍侍立在自家主人的身后。

方将军清了清喉咙："狄县令受我之托，调查营中孟阔台预谋杀害苏副使一案。今日向大家通报此案进展，所以召集诸位到此，我等可据此判定是否需要重审此案。狄大人，请讲吧。"

"此案的动机，"狄公平缓地说道，"是阻止苏副使调查一宗狡猾的欺诈案。罪犯指望借此骗得大笔的银钱。"

"我必须提醒诸位注意营中采购军需品的程序。守捉使在议事时草拟了一份请示，由书吏誊写到正式的公文纸上，并把它送给副使，副使核对后，在每一页上盖上自己的印章，再把公文传给守捉使，守捉使再次核实，最后盖上自己的大印。留足所需的副本后，正本套上封套，贴上封条，交驿站送往长安兵部。"

狄公喝了口茶，接着道："这一制度唯有一个漏洞。如果文案不止一页，那么有办法接触到公文且不甚诚实的人，便可毁掉其余各页，只留下盖有守捉使大印的最后一页，再用伪造的文书代替原件，连同最后一页一起送往兵部。"

"不可能！"方将军打断狄公的话，"其他几页上都盖有副使的大印！"

"这就是苏副使被害的原因！"狄公说道，"凶手偷窃了他的印章。后来，事情被苏副使发现了。在深入解释此事之前，我想先说明一下，正是由于此处的一位书吏执行这一程序时认真仔细，才令我摸到了罪犯的踪迹。"

"三天前，一份提请加升四名校尉品阶的申请令凶手有机可乘。正式申请共有两页，第一页是提升这四人品阶的建议，连同他们的姓名、年龄等等；第二页只有守捉使催促办理此事的公函、日期以及文案编号。第一页上盖有苏副使的大印，第二页则有守捉使方将军的大印。

"凶手在申请公文寄送途中拿到了这份公文。他毁去了第一页，自己编造一份采办申请：寨中急需从高丽商人朴、义二人手中购买三艘战船，又称船款需从兵部支付给这两名商人。凶手以此想发一笔小财！凶手在这页偷盖上苏副使的印章。一切妥当后，他把申请公文放入封套内，标明：呈兵部采办司。最后他在封套的角落上注明了公文的编号，即'申'四〇四。他把封好的公文交给驿政官，而那份要求加升四名校尉品阶的请示则放进了档案中。由于他对新近颁布的发文程序不甚熟悉，所以也就没有把这些副本送到我的衙内。

"凑巧的是，送文的书吏在同一日又收到了一份标有'申'字的请示，要求购买皮货。他记起了这两类文案容易混淆。作为一名训练有素的书吏，他便在下面注道：参见第四〇四号。尽管他没有看到四〇四号的内文，却记得信封上标有'采办司'的字样。这书吏准确地分发了这份公文，其中一份送到了我的衙内。但当我核查采买类的文书时，却发现公文不全，因此我便向方将军再讨一份副本。可方将军给我的却是一份加升四名校尉品阶的公文，而这应是人事类的。"

方将军一直在椅上不耐烦地扭动着身体，此刻终于忍不住了：

"大人能否略去这些细节？为何要提那三艘战船？莫名其妙！"

"那凶手，"狄公平静地答道，"与朴、义二商人狼狈为奸。这两人从长安收到那笔骗得的款子后，欲与凶手瓜分。由于兵部例行核查贵寨收到的补给还有很长一段时日。在这段时间里，凶手尽可以携着赃款，从容逸去。"

"但是人算不如天算。案发前夜，孟郎将和我的两名侍卫在县城碰到了那两名高丽商人。他们聚在一处饮酒。那两个商人认定我的侍从是拦路抢劫的强盗，便跟他们谈起了那些船只以及长安城中将要到手的款子。我的侍从向我禀报了此事。我推测，当孟阔台回到军寨时，对守门的校尉吹嘘了朴、义二人的豪富，以及将来的发迹。凶手听到后，误以为孟阔台了解了太多底细，便盘算着要把他当替罪羊除掉。当凶手得知次日孟阔台因醉酒不去军械库时，便送来一封假信，并盖上苏副使的印章。那时，他手上仍掌握着那枚印章。"

"云山雾海！"方将军暴躁地叫道，"我只想知道是谁杀了苏副使，又是怎么杀的！"

"很清楚！"狄公说道，"杀人者，石朗也。"

四周一片寂静。片刻之后，方将军怒气冲冲地吼道：

"绝不可能！高校尉亲眼看见石朗进出苏副使的房间，他连榻边也没到过。"

狄公继续平静地说道："将近未时正，石朗来到苏副使的房间。他攀岩操练结束后直接来此，也就是说，当时他赤足，只穿着贴身小衣。他没有携带任何武器，也认为无此必要。他知道苏副使有把箭囊扔进壁龛的习惯，他的计划是趁其睡觉时把箭捅入他的心窝。"

"但是，当石朗进门后，却发现苏副使已起身了，并已穿上长靴，正站在榻前穿胸甲。这样，石朗就无法按计划杀死苏副使。就在这时，他看见地板上掉着从箭囊里漏出的一支箭，箭头正指向苏副使。石朗一脚踩住箭，用大拇脚趾和二趾夹起紧靠箭头的箭杆，飞起一脚，箭便笔直地插进了苏副使的腹部。与此同时，为了避免站在军械库窗口的孟阔台发现屋内的情形，他作势挥舞双臂，大叫大嚷，以掩盖死者跌倒在榻上时所发出的悲号。确信苏副使已经死去后，他才奔出去呼叫卫兵。他和方将军及毛郎将一道进来后，趁乱又把苏副使的大印塞进抽屉。这一切虽做得滴水不漏，却忽视了一点：死者被发现时，是穿着靴子的。就是这一点使我觉得苏副使不是在睡梦中被人杀死的。他身穿胸甲，这倒不难理解，因为只是小憩片刻，没必要费力脱掉胸甲。但他连头盔都扔在桌上，这就不禁令人想到，他躺下前也会脱掉靴子的。"

狄公停顿了一下。所有的目光都集中在石朗身上。石朗轻蔑地望着狄公，冷笑一声，问道：

"大人编的好故事，凭什么说我杀人？"

"眼下，"狄公平静地答道，"根据你右足大拇脚趾的一处严重刮痕。因为箭身旁的地板上有一枚铁钉，锋利的钉子头露出了地板。当你飞脚踢箭时，钉子头划开了箭杆处的红布，也刮伤了你的脚趾。钉子头附近可见几点血迹。最后，当朴、义两商人被擒获，且兵部发现那些假造的公文后，便有了最终的证据。"

石朗扭动着双唇，面孔变得铁青。但他稳了稳心神，镇定地说道：

"大人不必等到那时了。没错，是我杀了姓苏的，因为我欠了债，急需用钱。再过十天，我便可以告病离寨，鲤鱼脱钩，永不回头了。我本无意杀他，原想把印章放回到他书桌的抽屉。可他发现得太早了，我便决定趁他熟睡时用箭捅死他。进房后，我发现他已起身了。他对我吼道：'我已查明，是你偷去了我的大印！'我想这下输定了，因为只拿一支小箭与他争斗本就不易，而若孟阔台向窗外望去，定会发现我们的搏斗。这时我看到了地板上那支箭，便一脚把它踢进了苏副使的腹内。"

他擦了擦额头的冷汗，最后说道：

"苏副使是个道道地地的杂种，杀死他我没一丝愧疚。只是孟老弟，让你当替罪羊，惭愧啊！可这也没帮我什么忙。就这些。"

方将军从椅子上站起身。

"石朗，摘下你的佩剑。"

石朗摘剑时，恨恨地对狄公说道："你这狗官，是怎么怀疑到我头上的？"

狄公一本正经地答道："主要是依据所谓的官样文章。"

羽箭奇案半年后，在蓬莱又发生了本篇所述的第三则故事。此时，狄公的两位夫人及其子女已来到蓬莱，居住在县衙后的私宅内。不久，曹旋姑娘也到了狄府。在《黄金奇案》一书中，我已详细讲述过她的经历，正是狄公把她从那次阴森的际遇中解救了出来。狄公的大夫人一见到曹姑娘，立刻就喜欢上了她，还请她做自己的女伴。接着，在仲夏雨季一个极其闷热的日子里，发生了这样一件奇怪的事。

　　"这只也发霉了！"狄公的大夫人不满地说道，"看看这件蓝衫，衣缝里长满了灰灰的长毛！"

　　她砰的一声关起红色皮衣箱的盖子，转身对二夫人说道：

　　"我还从没碰到过这么热、这么潮的夏天呢！昨天晚上，那场雨下得瓢泼一般，我还以为天漏了呢！来帮个忙好吗？"

　　这是间宽大的卧房，窗户敞开着，狄公正坐在窗下的一张茶桌旁。他看着他的两位夫人把衣箱扔在地板上，又在一片混乱中向第三只发起了进攻。大夫人的闺中密友曹姑娘正在角落里的铜火盆边烘烤衣物。红红的炭火上架着铜盖，衣物被一件件摊在铜盖上。火盆中的热气、湿衣服蒸发的水汽，弄得房间里简直没办法再待下去了，但这三个女人却好像完全没感觉似的。

狄公叹了口气，转过身望向窗外。从这间位于二楼的卧房望出去，原本可以清楚地看到城内各家弧形的屋顶，但现在一切都笼罩在铅灰色的浓雾中，只能分辨出模模糊糊的轮廓。这浓雾似已渗入了他的血液，在他的血管里令人窒息地蠕动着。此时此刻，他是多么懊悔，那时脑子一热，非去要什么灰色的夏季长衫！他只动动嘴，便劳动大夫人检视了四只衣箱。发现衣物都发了霉，她当即又召来了二夫人和曹姑娘。现在，这三位都全身心地扑在这件事上，显然已没心思弄早茶了，更别提什么早饭了。而这才是她们在蓬莱艰辛岁月的开始，因为狄公就任蓬莱县令才不过七个月。他伸直腿，因为膝盖和双脚都肿胀得抬不起来了。曹姑娘停住了手，从火盆上拿起一件白色的长衫。

　　"这件一点儿都没湿。"曹姑娘叫道。当她伸直手臂把衣服挂到衣架上时，狄公注意到她那苗条而又丰满的身段。突然，他向大夫人厉声喝问道："你就不能让丫鬟们来做这些事吗？"

　　"当然可以，"大夫人扭过头来答道，"但贱妾先得自己看看坏没坏呀。老天爷呀，瞅瞅这件红裙子，天哪！"她又对曹姑娘说道："衣服霉得都烂了，你还总说这件衣服配我好看得很！"

　　狄公猛地站起身。香水的味道、化妆品的味道混合在一起，其间还夹杂着衣物若有若无的潮味，整个房间里充溢着浓烈的女性气息。这气息出其不意地刺进了他那敏感的神经。"我要出去走走。"他说。

　　"你不用早饭了？"大夫人叫道，眼睛却仍盯着手中那件红衫上几块褪了色的地方。

"我会回来用早饭的。"狄公嘟囔着，"把挂在那儿的蓝袍子给我！"曹姑娘帮着二夫人替他披上衣服，问道："这么热的天穿这件衣服是不是太厚了？"

"至少这是件干衣服。"狄公简短地答道，同时沮丧地意识到曹姑娘是对的。这厚重的织物紧贴着他汗湿的身躯，就像穿了铠甲一样。他咕哝着道别，下楼去了。

沿着通向县衙后门的昏暗走廊，狄公快步走着。他很高兴洪亮还没来。这家伙非常了解他，一下子就能嗅出他心情不好，并猜得出是为了什么。

狄公用自己的钥匙打开后门，滑进了湿淋淋、空荡荡的街道。是啊，到底为了什么呢？他一边在黏湿的浓雾中穿行，一边问自己。当然，在这第一次外放的任所度过的七个月是枯燥的。起初的几天是令人兴奋的，接连发生了"五朵祥云""羽箭"两起凶案，但这之后就没什么有劲的事儿了，净是官府乏味的那一套：填不完的案格，归不完的公文，签不完的文书。在长安时，他也有很多纸上官司要做，但那都是些重要公文。再者，这一地区不是他一个人的天下。河道以北的区域是战略要冲，处于军寨守捉使的管辖之下；东城门外的高丽聚居区也有自己的官府。他气恼地踢向一块碎石，却马上叫骂起来。原来，那"碎石"底下却是块大石头，把他的脚碰得生疼。昨夜，在缠绵的卧榻上，大夫人又催着他迎娶曹姑娘当三夫人。她说，她和二夫人都很喜欢曹姑娘，曹姑娘也觉得这最好不过了。"再说，"他的发妻带着惯有的坦率道，"你那二夫人虽是个好人，却没念过什么书。有了曹姑娘这样一个知书达礼、聪明伶俐的人儿在跟前，周遭的人也会活得更快活。"曹姑娘愿意嫁给他,如果只是因为感激他把她从那场可怕的灾难里救出来,那可怎么办呢?要是他不那么喜欢她就好了。再说,娶一个不是自己真心喜欢的人不就扯平了吗?他是堂堂的县令,有权娶四个妻子。但他认为两个就足够了,除非这两个都养不出一男半女。这问题太难,太让人头疼了。他裹紧了长袍。天开始下雨了。

望着通向孔庙的宽阔台阶,他释然地吁了口气。西楼的第三层已被改建成茶店,他想在那儿吃早茶,再走回县衙。

在低矮的八角形房间里,一个邋遢的店小二正斜靠在柜台上,手拿火钳拨弄着小茶炉的炭火。狄公很满意,这小伙子没认出他来,因为他没有作揖行礼的意思。狄公要了壶茶和一块干毛巾,便在柜台前的一张竹桌旁坐了下来。

店小二从竹篮里拿出一块脏兮兮的毛巾递过来。"客官,请稍待片刻,水马上就要烧开了。"当狄公用毛巾擦干他的长胡子时,店小二又说道:"客官,您这么早就出来溜达,肯定已经听说了那件惨事儿了吧!"说着,他向敞开的窗户一指。看到狄公摇头,他便兴致勃勃地说开了:

"昨天晚上,一个家伙在古塔里被人劈成了好几块,就是沼泽里的那座。"

狄公立刻放下了毛巾:"一桩谋杀案?你又是怎么知道的?"

"客官,是卖杂货的小哥告诉我的。他跑来送货的时候,我还在擦地板呢。天蒙蒙亮时,他到古塔里跟一个半痴的小妞收鸭蛋,结果却看见了血淋淋的尸体,而那傻姑娘正缩在角落里哭呢。他跑回城里，报告了驻守在这里的军卒，校尉就带了几个人到古塔里去了。看，他们在那儿！"

狄公站起身走到窗前，居高临下：过了城墙，便是一片长满了青青芦苇的沼泽；再往北，隐约可见灰色的河流。从城北码头伸出的坚硬土路，直通向沼泽中央那座孤零零的破旧古塔。古塔到码头的路上，行进着几个头戴银盔的军卒。

"被杀的可是军卒？"狄公马上问道。

尽管县城以北属军寨管辖，但民间的案子还是归县衙来审。

"大概是吧。那傻姑娘虽又聋又哑，长得倒不赖。八成是哪个当兵的晚上来找她说知心话。您懂我的意思吧！哈，水开了。"

狄公眯起了双眼。两个军卒正从驻地向县城急驰，马匹踏过被水淹没了一半的道路，溅起阵阵水花。

"客官，茶来了！当心，茶杯很烫，我把它放在窗台上。对了，我想起来了，被杀的那人不是军卒。卖杂货的小哥说那是个老商人，就住在北城门附近。他一看就知道那个被杀的人是谁。不过，军卒们很快就会抓住凶手的，他们可厉害了！"他兴奋地用胳膊肘捅了捅狄公，"他们在那儿！我不是跟你说了他们很厉害吗？看见那家伙了吧，他们正用铁链把他从古塔里拖出来呢！他穿着打鱼人的那种棕色衣裤。好，他们现在要把他押到军寨去了，要……"

"与他们何干！"狄公怒气冲冲地打断了他的话。他飞快地喝了口茶，却不慎烫到了嘴。付了账，他便匆匆飞奔下楼。一个平民百姓杀了另一个平民百姓，这明摆着是县衙的事嘛！这可是个绝好的机会，该告诉那帮武夫：什么该管，什么不该管！一次就足够了。

厌倦一扫而空。他从街角的铁匠铺里租了匹马，跳上马背，直驰北门。守城的军卒吃惊地看到一个衣冠不整的骑士，戴着湿答答瘪在头上的弁帽。当认出是他们的县太爷时，这些军卒马上施礼。狄公下了马，做了个手势让班头随他到门边的哨楼里。

"沼泽地里的骚乱是怎么回事？"他问道。

"大人，古塔那儿出了人命。军寨的军卒已经拿到了凶手，正在审问。小人猜他们马上就要去码头。"

狄公在竹凳上坐下，递给班头几个铜板。"叫你的手下给我买两张油饼来！"

油饼刚从街头小贩的锅里煎出来，散发着大蒜和生姜诱人的香气。狄公虽饥肠辘辘，却食不知味。他满脑子净想着军队如何滥用职权，而且，舌头还被那杯热茶给烫伤了。他悲哀地回想起长安时的岁月，那时可没这些让人心烦的问题，各级官吏的权限都在条令中有详细的规定，不管是一品宰相，还是七品芝麻官，都有各自明确的权限。油饼快吃完的时候，班头进来了。

"大人，军卒已将囚犯带往码头边的塔楼。"

狄公一跃而起。"点四个人跟我来。"

徐徐轻风吹过岸边的码头，驱散了蒙蒙的迷雾。狄公身上那件湿淋淋的长袍紧贴着他的肩膀。"这种天气最易感染严重的风寒。"他嘟哝着说道。全身戎装的军卒把他带进了塔楼里一个空荡荡的房间。

房间深处有一张粗糙的木桌，一个身穿铠甲、头戴帽盔的军官坐在桌子后面，正缓慢而用力地填着一份文书。

"我就是狄仁杰，此地的县令。"狄公开口说道，"我要了解……"

突然，他惊得呆住了。军官正好抬起头，脸上一道可怕的伤疤，从左颊一直裂到嘴唇，变形的双唇半掩在乱蓬蓬的胡须中。狄公还没有回过神来，那军官却已站了起来。他麻利地抱拳施礼，口齿不甚清晰地说道：

"大人大驾光临，在下不胜欣喜。我刚刚写好呈给大人的呈子。"他指着角落里一副用罩单遮盖的担架补充道，"那就是死尸，凶手关在后厢房里。在下猜测，大人想把他直接押往县衙的大牢？"

"对，确实如此。"狄公折了锐气，丧气地答道。

"好，"校尉折起写好的呈子，递给狄公。

"请坐，大人。如您稍有闲暇的话，在下想跟您谈谈对此案的看法。"

狄公在桌旁坐下，一挥手，让校尉也一道坐下。他慢慢捋着长髯，暗自想道，这可与他想得截然不同。

"是这样的，"校尉说道，"我对那片沼泽了如指掌。住在古塔里的聋哑女子虽有些痴呆，却不会害人。所以，一得知她房中躺着一具死尸，我就想到了奸淫和抢劫，便派了几名手下去搜查古塔与河岸之间的沼泽。"

"为何独独搜查这一段？"狄公插言问道，"被害人也可能被杀于路上，凶手再移尸古塔，不是吗？"

"不，大人。军寨的塔楼位于码头与古塔之间。白天我的手下按班次值守，监视过往客商；夜晚则沿路巡逻。大人想必知道，这是为了防止高丽细作进出县城之缘故。顺便说一句，这条路是穿越沼泽的唯一路径。沼泽内凶险异常，穿越时有陷于沼泽或流沙中的危险。我的手下发现尸体时，尸体尚有余温，可以推测死者是在黎明前被害的。而除了卖杂货的小子外，再无他人经过此路，可见凶手与死者均从北面而来。那是一条从古塔通往河岸的水路，被芦苇遮盖着，熟悉地形者可躲过军卒的盘查溜进古塔。"校尉摸了摸胡须，接着说道："那就是说，他已成功地避开了我们河上的巡逻。"

"你的手下是在水边抓到此人的吗？"

"是的，大人。他们发现了一个年轻的渔夫，名叫王三郎。他藏身于小船，正在洗裤子，想把沾在上面的血迹洗掉。我的手下喝住了他，他却双桨一荡，想把船划到河中央去。幸亏弓箭手拉弓疾射，箭杆上连着绳索的钩抓住了船身。他还没明白过来是怎么回事就被拖回了岸上。他说他根本不知道塔里有个死人，一口咬定到塔里去是给那聋哑女孩送了条大鲤鱼。他说他裤子上的血迹是在清理鱼的时候弄上的，还说要等到黄昏时分再去看她。我们搜遍他的全身，在他的腰带里找到了这些东西。"

校尉撕开了放在桌上的一个小纸包，让狄公看里面三块闪亮的银子。"我们根据死者携带的名刺查明了他的身份。"说着，他从一只大纸袋里倒出了一堆东西，里面有一叠名刺、两把钥匙、几枚铜板和一张当票。校尉指着当票说道：

"这纸片落在尸体旁边的地板上，定是从他长衫的口袋里掉出来的。死者名叫钟旺，住在北门，开了好大一家典当铺子。他家广有银钱，在这一带很有名气。此人嗜好打鱼。据在下推测，昨夜钟旺在码头上碰到了王三郎，就出了些钱，让三郎带他到渔船上来个泛舟清流，月下垂钓。王三郎找了个如此这般的理由，诱骗老头子来到城北的荒凉地带，在那里杀了他。他原本想把尸体藏在古塔里。您知道的，那古塔半已荒废，那半痴女子又只住在第二层。可没想到，女子醒来后看到了这一幕。王三郎见势不好，只得抄起银子逃走。请大人注意，这只是推测，因为那女子虽在现场，却没什么用处。我的手下想从她嘴里问出点东西，她却只是歪歪扭扭地写了一些胡话，什么'雨神仙''黑妖怪'的，然后就又是哭，又是笑。可怜哪，一个不会害人的呆子。"

他走到担架旁，掀起罩单。

"这就是死尸。"

狄公弯腰检视着这具瘦骨嶙峋的尸体，但见他裹在一件式样简单的褐色长衫里，胸膛上露出几片干涸的血迹，袖管处沾着泥块。死者表情平静，相貌却甚是丑陋，干瘪皱缩的皮肤，略微歪斜的鹰钩鼻子，两片刀刃一样薄的嘴唇，灰白的头发，头顶还秃了一块。

"相貌不敢恭维，"校尉评价道，"这话倒是在下最不该说的！"他那裂成几半的脸上掠过一阵痉挛。他抓住尸体的肩膀。"是被人从背后插入刀子捅死的，一刀正中心窝。当时他面朝上躺在地板上，就在那女子的房门后。"校尉一松手，尸体的上半部啪地掉了下去。"混蛋渔夫，杀了钟旺后，又割开了他的胸部和小腹。我是说在杀人之后。如您所见，前面的这些伤口本应出很多血，但却没有。噢，对了，还有最后一样没请大人过目，差点忘了！"他拉开书桌的抽屉，从里面拿出一只长方形的包裹，撕掉外面的厚纸，递给狄公一把长而薄的尖刀，说道：

"大人，这是在王三郎的渔船上找到的，他说是用来收拾鱼的。刀上没有血迹，可为什么一定得有呢？回到船上不愁找不到水来洗。好了，大人，就这么多了。我想王三郎没多久就会招供。在下知道这帮年纪轻轻的泼皮无赖，开始总是把什么都赖得干干净净，一经严加审讯，就会垮下来，连三岁时偷过一颗枣都会招出来的。大人，您还有何吩咐？"

"首先，得通知尸亲认尸，所以，本县……"

"大人，此事我已办好了。钟旺是个鳏夫，有二子现住长安，尸体是由林掌柜来认的，他是钟旺生意上的伙伴，跟他住在一处。"

"你和你的手下干得很漂亮，"狄公说道，"让你的人把凶犯和尸体移交给我带来的衙役。"他站起身，补充道："

阁下雷厉风行，本县不胜感激。因为此案属民案，你只需上报县衙，便可以袖手不问，但你却不辞辛劳帮助本县。"

校尉抬起一只手，示意狄公不要再说了。他用一种奇怪而沉闷声音说道：

"这是我的荣幸，大人。我碰巧是孟郎将的手下。我等愿终生为大人效劳，赴汤蹈火，在所不惜。我等众人俱是如此。"

一阵痉挛扭曲了他的面孔，这就是他的微笑吧。狄公走回北城门的哨楼里，决定立即在此提审凶犯，然后再前往现场察看。如果回到衙中再审，线索会模糊不清。这案子看上去没什么曲折，但谁又能妄下论断呢！

哨楼里空荡荡的。狄公在屋内唯一的一张桌子旁坐下，开始读校尉提交的呈子。除了已知的那些情况外，呈子里没多少别的东西。死者名叫钟旺，五十六岁；女孩名叫黄莺，芳龄二十；渔郎二十二岁。他从袖筒里掏出名刺和当票。名刺上写着：钟旺，祖籍并州。当票为一符木，盖有钟旺当铺的大红印章；典当人裴夫人，当绸衫四件，当银三两，月息五钱，限三月内赎取，典当日为昨天。

班头走了进来，后面跟着两个抬着担架的衙役。

"放在角落里。"狄公喝令道，"你们认得住在古塔里的聋哑女孩吗？军官只告诉我她叫黄莺。"

"认得，大人，那就是她的名字。她是个弃儿，由过去在城门口卖水果的老妪养大。老妪还教她认了几个字，学了一些手语。两年前，老妪死了，街头无赖总是欺负她，她便搬进古塔里去住了。她在那里养鸭子，靠卖鸭蛋过活。大伙儿叫她黄莺儿，是取笑她是个聋子，结果这反倒成了她的名字。"

"好啦，闲话休提！把凶犯带来见我。"

一个身材矮壮的年轻人在衙役的包围下被带了进来。乱蓬蓬的头发披散在他肮脏、阴郁的脸上，眉毛虬结于一处，棕色的上衣和裤子上打着好几处乱七八糟的补丁。他的手上缚着锁链，绑在身后，另有一根细细的铁链绕着他光秃秃的粗脖子。衙役按着他跪倒在狄公面前。

狄公默默地观察着年轻人，考虑该用何种方式审讯为好。屋内一片寂静，只听见窗外哗哗的雨声和犯人粗重的呼吸。狄公从袖筒里摸出三两银子。

"你是从哪里弄到这个的？"

年轻的渔夫讷讷地说了几句，话中带着浓重的土腔，狄公听不太懂。其中一个衙役踢了犯人一脚，吼道：

"大声点。"

"是我的积蓄，想买条像样儿的船。"

"你第一次见到钟旺是在何时？"

渔夫爆发出一连串恶毒的咒骂。他右边的衙役用剑背击打他的头部，不许他再骂下去。王三郎甩了甩头，闷闷地说道：

"我只是远远地见过他，因为他老在码头那儿晃来晃去。"

他突然恶狠狠地加了一句：

"要是我碰到他的话，早就把这头脏猪干掉了，这骗子！"

"你在他铺中典当时，曾上过钟旺的当？"狄公立即问道。

"我有什么东西好当？"

"那为何骂他是骗子？"

王三郎抬头看了狄公一眼，从那充血的小眼睛里，狄公看到了一种鬼鬼祟祟的神情。年轻人又垂下头，阴沉地答道：

"因为所有开当铺的都是骗子。"

"昨晚你在干什么？"

"我已经跟那帮当兵的讲过了。在码头的面馆里吃了碗面就回到了船上。抓了几条大鱼后，我就把船停在塔的北岸，又睡了一会儿。我本来想在太阳落山后给黄莺儿带几条鱼的。"

年轻人说起女孩的名字时，话音里带着一种特殊的感情，这引起了狄公的注意。他慢慢地说道：

"你不承认杀死当铺的东家。而除你之外，只有那姑娘在场，可见是她杀的人。"

王三郎噌地跳起来朝狄公扑去。他来势迅猛，两名衙役刚刚来得及抓住他。他乱踢乱蹬，随后头上挨了一记重拳，跌倒在地板上，铁链叮当地敲击着石头地面。

"你这狗官，你……"年轻人大叫着，挣扎着想爬起来。班头在他脸上踢了一脚，他的头重重地撞到了地板上，便再也不动了，一股鲜血从他裂开的嘴唇里流了出来。

狄公走到他身旁，俯身望去，他已失去了知觉。

"除非本县下令，否则不准虐待犯人！"狄公严厉地呵斥着班头。"把他弄醒，送回大牢，午间升堂时再正式审讯此人。班头，你把死尸送到县衙，将此事告知洪参军，再把校尉写的呈子交给他，告诉他我在此再走访几个人证便回去。"他向窗外看了一眼，雨还在下着。"给我一块雨毡。"

迈出房门前，狄公用雨毡遮住头顶和肩膀，然后纵身跃上租来的马，驱马驰过码头，转入通往沼泽的坚硬土路。

雾已散了一些。他一边疾驰，一边好奇地打量着路两旁绿苍苍的荒凉景色。芦苇丛中，窄窄的小溪蜿蜒流动，不时汇成大片的水洼，在银灰色的天光里闪着沉闷的亮光。一群小小的水鸟突然惊飞，刺耳的鸣叫声在荒无人烟的沼泽里怪异地回响着。他注意到，因昨夜一场暴雨而漫出的溪水正在退去，路面已经干了，但仍能看到随水漂来的大片水草。驰过军寨塔楼时，放哨的士兵拦住了他。狄公出示了藏在靴筒中的吏部牒文，便被放行了。

古塔有五层，四四方方，外观朴拙，立在一个草草磨就的石台上。拱形窗子的窗板已没了，顶层的塔顶也塌陷了半边，两只肥大的黑乌鸦栖息在断裂的横梁上。

再走近些，便听见吵吵嚷嚷的嘎嘎叫声。古塔的石台下有一泥泞的池塘，几十只鸭子挨挤在水边。狄公下了马，把马拴在一根苔痕累累的石柱上。鸭子开始一面在水里扑腾，一面愤怒地大叫着。

古塔一楼很暗，低矮的拱顶，空荡荡的，除了一堆破烂的旧家什外，别无他物。一个摇摇晃晃的窄木梯通向二楼。狄公用手扶着潮湿生苔的墙壁爬上楼梯，因为扶手已不知到哪儿去了。

昏暗中，他跨进一间空荡荡的房间，见拱窗下放置着一张简陋的木床。突然，他感觉床上的破布堆中有什么东西在动，接着那块打着补丁、灰扑扑的被单下发出了一种粗哑的声音。狄公很快扫视了一下房间，见房里摆着一张粗糙的桌子，上面放着一把裂了缝的茶壶；靠墙放着一张竹榻；角落里砌了个砖灶，灶上支着口大锅，灶旁还有一个装满木炭的破竹篮。霉味、汗味混合着腐烂的气味，弥漫着整个房间。

突然，被单被甩到了一边，一个披散着乱蓬蓬长发的半裸女孩从床上跳了下来。一看到狄公，她又发出了那种怪异的嘶叫声，并窜到了最远的屋角。然后，她双膝跪地，剧烈地颤抖起来。

狄公意识到自己的来访让她不安，遂从靴筒里摸出牒文。他走到那恐惧的女孩面前，摊开牒文，用食指指给她看县衙的大红印章，又指了指自己。

她显然看懂了，一骨碌爬了起来，用那动物般恐惧的大眼睛紧紧地盯着他。她只穿了一条破裙子，用一根稻草绳拴在腰上。

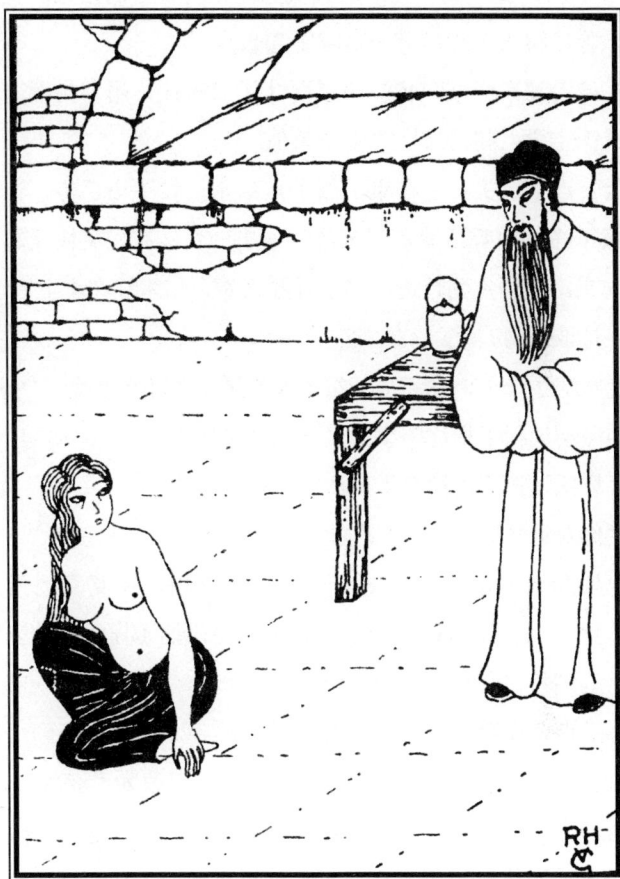

女孩惊骇地跪在地上，剧烈地颤抖着（高罗佩　绘）

她身材匀称，发育得很好，皮肤也白得令人吃惊，圆脸蛋上虽沾着灰尘，却也并非毫无动人之处。狄公把竹椅拉到桌旁坐下，他觉得该干些什么，缓和一下，以安慰这怕得要命的姑娘。他拿起茶壶，像庄稼人一样对着壶嘴喝了起来。

女孩走到桌旁，向肮脏的桌面吐了口唾沫，用食指蘸着唾液写了几个七歪八扭的字："王没杀他。"

狄公点了点头。他在桌上倒了点茶水，做了个手势，让她把桌面擦干净。她听话地走到床边，抽出一块破布，又快又起劲地擦了起来。狄公走到灶边，挑了几根木炭，用木炭在桌上写道：

"是谁杀的？"

她哆嗦了一下，拿起另一根木炭写道："坏黑妖怪。"

她激动地指了指这些字，又飞快地涂抹道：

"坏妖怪把好雨神变了个样。"

"你看见坏黑妖怪了？"狄公写道。

她使劲地摇了摇乱蓬蓬的头发，用食指反反复复地指点着"黑"字，又指了指自己合上的眼睛，再次摇了摇头。狄公叹了口气，写道："你认识钟员外吗？"

她手指含在嘴里，茫然地盯着他写的字。狄公意识到"钟"字笔画繁复，她不认识，就在上面打了个叉，改为"老头"。

她再次摇了摇头，并且带着厌恶的表情，在"老头"两字上画了个圈，写道："好多血。好雨神再也不来了。王再没银子买船了。"眼泪顺着她的脏脸颊流了下来。她用颤抖的手写道："好雨神总和我睡觉。"她指了指那张木板床。

狄公仔细地看了她一眼。他知道，在本地的神话中，雨神总是占有突出的地位，出现在这傻乎乎的年轻姑娘的睡梦中和怪念头里，是件很自然的事。再说，她还提到了银子。

他写道："雨神长得什么样子？"

女孩圆圆的脸蛋亮了起来，她开心地笑着，写了几个又大又难看的字："高""好看""好心"。她在每个词上都画了个圈，然后把炭笔向桌上一扔，护住自己裸露的乳房，兴奋得咯咯咯地笑了起来。

狄公把目光移向别处。当他转过脸时，她已经把手放了下来，那双眼睛睁得大大的，直勾勾地盯着他。突然，她飞快地做了个手势，指了指那扇拱形的窗子，发出了一种奇怪的声音。狄公转过身去，看见铅灰色的天空有一些淡淡的颜色，那是彩虹的颜色。她注视着，嘴半张着，带着一股孩童般的喜悦。狄公拿起木炭写了最后一个问题："雨神何时会来？"

她看了好长一段时间，漫不经心地用手指梳理着油腻腻的长发。最后，她趴在桌上，写道："黑夜，还下着大雨。"她在"黑"和"雨"字上画了个圈，又写道："他跟雨一起来。"

突然，她用手遮住脸，痉挛似的痛哭了起来，哭声与楼下鸭子的嘎嘎叫声交织在一起。意识到女孩听不见这些声音，狄公站起身，把手搭在她裸露的肩上。当她抬起头时，大睁的双眼里射出的狂野的光芒，近乎疯狂，让狄公不禁大吃一惊。他飞快地在桌上画了只鸭子，又写道："饿。"她用手捂住嘴，向锅灶跑去。狄公仔细地检查了一下门前的大石板，发现满是灰尘的地板上有一处清扫得很干净，显然是死尸停放过的地方，看来是军卒们清扫了地板。他懊悔不已，自己曾把他们想得那样不堪。一阵剁击声使他转过身来。女孩正在一块简陋的案板上切着旧米饼。狄公眉头紧蹙，担忧地望着她娴熟地挥动着大厨刀。她把切下来的米饼放进锅里，扭头望向狄公，幸福地笑着。他向她点了点头，便沿着吱嘎作响的楼梯下楼去了。

雨已停了，沼泽里升腾起一团轻烟般的雾气。狄公一面解缰绳，一面对吵闹的鸭子说："别急，你们的早饭快来了。"

他抖开缰绳，让马稳稳地小跑着前行。雾从河那边飘了过来，奇形怪状的云朵飘荡过高高的芦苇，又消散成扭曲的云丝，像某些巨大的水生动物的触手。他很想再了解一些深深扎根于当地人心中的诸般古老的信仰。在许多地方，人们仍崇拜着河神，农人和渔夫甚至向河里抛掷祭祀用的牲畜。这些东西显然常在这聋哑、弱智的女孩脑海中盘旋，亦幻亦真，让她无法控制发育良好的身体的冲动。

回到北城门，他让班头带他到当铺掌柜的住所。他们来到那家看上去生意兴隆的大当铺。班头指着一条通往大门的小胡同解释道，钟旺的家就在铺子后面。狄公让班头回去，自己则上前敲了敲朱漆大门。

一个瘦长的男子开了门，他穿着干净的绲有黑边的褐色衣衫，系着黑色的腰带。他一脸迷惑地望着这个浑身湿淋淋的大胡子，说道：

"我猜您是要去当铺吧，我可以带您去，我正要去那儿。"

"我是此地的县令，"狄公不耐烦地说道，"刚从沼泽过来，去看了看你老伙计被杀的现场。进去谈吧，我想把死者身上找到的遗物交给你。"

林掌柜深施一礼，引着这位尊贵的客人走进厢房。房间虽小，却很舒适，摆着几件古式的花梨木家具。他毕恭毕敬地请狄公在后面一张宽大的椅上坐下。当主人唤老仆上茶的时候，狄公好奇地打量了一下放在角桌上的一只铜制大鸟笼。十几只鸟儿扑扇着翅膀，在笼内飞来飞去。

"我那老伙计喜欢弄这个，"林掌柜宽容地笑着说道，"他爱鸟，总是亲自给鸟喂食。"

林掌柜的灰胡子修剪得整整齐齐，乍一看，是典型的开铺子的商人，既不算富有，也不算穷。但仔细观察，便发现他薄薄的嘴唇旁刻着深深的皱纹，一双眼睛又大又阴郁，这些都表明他是个性格果敢的人。狄公放下茶杯，郑重地表达了对铺子东家遭遇不幸的同情。说完，他从袖中掏出一个信封，将里面的名刺、零钱、当票和两把钥匙抖了出来。

"就这些东西。林掌柜，你那老伙计外出时是不是总带着一大笔钱？"

林掌柜静静地看着这小堆物品，捋着胡须答道：

"不，大人，两年前他就不再打理铺子的生意了，因此没必要把很多钱放在身上。但那晚他出去时，带的钱肯定不止这几个铜板。"

"那是在什么时候？"

"在戌时正左右，大人。我们一起在楼下用的晚膳。他说想沿着码头走走。"

"钟员外经常这样出去吗？"

"噢，是的，大人！他一直是个离群索居的隐士。两年前他的夫人仙逝后，他就开始晚上独自到外面散步，几乎每晚都去。尽管我就住在东厢房，和他住在一个屋檐下，可他仍喜欢独自在楼上的小书房里用膳。那晚只因有事要商量，他才下楼来和我一道吃晚膳。"

"林掌柜，你还没有成家吧？"

"没有，大人。我忙得连娶妻的时间都没有！铺子的本钱是我老伙计的，但大部分的生意他都让我来打理。他歇手后，便很少迈进铺子里了。"

"我明白了。再说说昨天晚上，钟员外可曾说他打算何时回来？"

"没有，大人。他吩咐仆人说不用等了。您知道，我的老伙计极爱钓鱼。要是他认为那是在码头垂钓的好日子的话，便会雇一条船在水上过一整夜。"

狄公慢慢地点了点头。"军卒们想必已告诉过你，他们抓到了一个叫王三郎的渔夫。你的老伙计常雇他的船吗？"

"这我就不知道了，大人。您知道，码头上有几十个渔夫，大都盼着弄两个铜子花花。但要是我那老伙计雇的是姓王的船的话，他遭此横祸，我就一点也不感到吃惊了，因那姓王的是个凶恶的泼皮无赖。我知道他，我自己也是喜欢钓鱼的人，常听见有人说他是个粗暴、孤僻的后生。"他叹息一声。"我倒是很想像我老伙计那样出外钓鱼，只是没空啊。算了罢！大人，您亲自送来钥匙，令小人备感温暖。王三郎没把它们拿走或扔掉真是不幸中的万幸。较大的那把是我老伙计书房的钥匙，另一把是他存放重要文书的铁盒的钥匙。"

他伸手去拿，狄公却用手一扫，又把钥匙收回袖筒。

"既然本县来了，"他说道，"就该看看钟员外的文书，现在就看。林掌柜，这是一桩谋杀案，为了获取必要的线索，死者的全部文书都应由官府处置。带我到书房去，请吧。"

"这是自然，大人。"林掌柜领着狄公走上宽阔的楼梯，指了指走廊尽头的一扇门。狄公用钥匙打开了门。

"有劳你了，我片刻便下楼。"

狄公跨进狭小的房间，锁上门，推开又矮又宽的窗户，让它大大地敞开着。邻近屋宇的房顶在灰色的蒙雾中闪闪发亮。他转过身，看见对着窗户放着一张花梨木书桌，便在桌后宽大的太师椅上坐了下来。他漫不经心地瞟了一眼椅子旁边地板上的铁盒，随后便斜靠在太师椅上。他若有所思地四下打量着。房间狭小，洁净得有些过分，房内摆着几件式样简单的老式家具，散发着岁月的气息。白灰粉刷过的墙壁如白玉般无瑕，上面挂着两轴颇有意境的山水画。坚硬的乌木桌上放着一只纤细的白瓷花瓶，内插数枝干枯的玫瑰。缎子面的书帙整齐地摆放在精巧的湘妃竹书架上。

狄公两手交叠，放在胸前，他觉得这间品位脱俗的书房的主人应是一位文雅的书生，而不是典当铺的东家。这间精致的书房与废弃的古塔内那间昏暗、空荡、散发着腐臭和贫穷气息的陋室之间，会有什么样的联系呢？想了一会儿，他摇了摇头，弯下腰打开那只铁盒。盒中的物品归置得井井有条，每捆文书都系着绿色的丝带，挂着标牌，与房间的整洁甚是相称。他挑出两捆分别标有"私信"和"票据"的文书。第一捆是有关本钱投资的重要书信，还有与儿子们来往的家书。儿子们在信中与他叙谈家事，询问他的看法，征求他的意见。接着，狄公又一页一页翻阅着第二捆文书。凭着丰富的阅历，他一下就看出死者生前过着节俭、近乎苦行僧般的生活。忽然，他眉头一皱，原来是发现了一张粉红色的票据，上盖约会地点的印章，时间是在一年之前。他迅速地检视着这捆文书，又发现了一打同样的票据，最后一张的日期是在六个月前。钟夫人死后，这位钟员外显然想用金钱买来欢爱以求慰藉。但很快，他便发现这种慰藉如一缕轻烟，转眼成空。狄公叹息一声，打开了在盒底的一只大信封，上写："遗嘱"。遗嘱立于一年前，说钟员外数目可观的田产及三分之二的本钱由儿子们承继，剩余的三分之一本钱和当铺则留赠林掌柜，以嘉许他多年来忠心耿耿地为钟家操劳。

狄公把文书放回盒内。他起身走到书架前，发现除了两本卷了页的辞书外，剩下的都是些诗集，收着前朝最具代表性的田园诗作。他抽出其中一卷，看到每一个艰深的词语都用红笔加以注释，笔迹笨拙，不成字体。他慢慢地点了点头，把诗卷放回原处。是的，现在他明白了。钟员外从事的是一种摒弃人类情感的生意，即当铺行，而且他那丑陋的外表也抑制了那些纤细情感的滋长。他内心深处虽然是个多情的人，渴望生活中的阳春白雪，但他自知天分低微，自惭形秽，对这些渴望羞于启齿。作为一个商人，他只是粗通文墨，所以在这间房门紧锁的屋子里，他借助辞书阅读古诗，费尽心力想增长文学方面的学识。

狄公坐回椅上，从袖筒中掏出折扇。他一边轻摇纸扇，一面让思绪集中在这位当铺掌柜的身上。想起楼下的那群鸟儿，看来，鸟儿们是这天性敏感之人对这个世界唯一的眷顾了。过了许久，他站起身，正要把折扇放回袖筒，忽又停了下来。他漫不经心地看了一会儿折扇，又把它留在了桌上，再看了一眼房间，便走下楼去。

主人又上了一杯茶，但狄公摇头谢绝。他把两把钥匙递给林掌柜，说道："我要回衙了。在你那老伙计的文书中没发现他曾与人结怨，所以本县认为此案外形内质，实为一如，谋财害命而已。对那些贫苦百姓而言，三两银子也是一笔财富。怎么，这些鸟儿在拍打翅膀？"

他走到鸟笼旁边。"啊哈，水脏了，林掌柜，你该让下人换换水。"

林掌柜嘟囔了一句，击掌召唤仆人。狄公向袖内一掏，"何其粗心！"他叫道，"我的折扇忘在楼上了。林掌柜，可否为我一取？"

林掌柜跑上楼后，老仆走了进来。狄公告诉他鸟笼里的水应该日日更换。老头子一面摇头一面说道：

"我跟林老爷讲过，他就是不听。他才不管这些鸟的死活呢！我家老爷要是在的话，他可宠爱这些鸟儿了，他……"

"对，林掌柜说昨晚他和你家老爷为了这些鸟儿吵了起来。"

"是的，大人，两人都激动得像什么似的。为了啥事儿来着，大人？我来喂米时只听见了几个词，什么鸟儿怎么怎么的。"

"没什么。"狄公迅速答道。他已听见林掌柜下楼来了。

"林掌柜,多谢香茗款待。这样吧,半个时辰后,带上钟员外财产的文书到县衙文案馆,我的主簿会协助你填写官府的格目,并把钟旺的遗嘱登记在册。"

林掌柜千恩万谢,恭恭敬敬地目送狄公出门而去。

狄公来到县衙门口,吩咐衙役把他从铁匠铺里租来的马还回去,然后便径自来到文案馆后面的私宅。老管家禀报说,洪参军正在书斋里候着他。狄公点了点头说:"吩咐擦澡的仆人备好热汤,我要沐浴更衣。"

浴室旁是一个铺着青瓦的更衣房。狄公在那里迫不及待地脱去了被雨汗浸湿的袍子。他觉得脏,肉体上脏,精神上也脏。仆人用冷水冲洗着他的身体,用力搓着他的背部。待到在热水里浸泡了一段时间后,他才感觉好受些。泡完澡,他让仆人按摩双肩。待仆人为他擦干身体后,他穿上清爽的蓝色棉袍,戴上一顶薄纱黑帽,就这身打扮向私宅走去。

他的夫人们上午常在花园的小轩里消磨时光。他正准备进门,却忽然迟疑了起来,眼前的温馨让他怦然心动。他的两位夫人,穿着绣有朵朵鲜花的轻纱衣裙,正和曹姑娘一道坐在敞开的门前朱漆小桌旁。门外的花园里种着花草和高高的翠竹,竹叶儿在风中簌簌作响,吹来清爽的凉意。这是他自己的世界,一个明净的天堂。在这里,他可以逃避作为官员而不得不面对的凶残暴力,还有那些令人厌恶的堕落行止。此时此地,他暗下决心,今生今世,一定要保护他美满平静的家庭不受侵害。

他的大夫人把绣花绷架一放,快步迎了上来。

"我们早上等你来用早膳,都等了快半个时辰了。"她嗔怪地告诉他。

"这是愚夫的不对。是这样的，北城门那里出了点麻烦，我得赶去料理。现在我要到文案馆去，但午膳会和你们一道吃。"

她把他送到门口，正要道万福，狄公压低嗓音说道：

"顺便提一下，我已决定听从你昨夜的建议，有劳夫人费心安排。"

她粲然一笑，再次道万福。狄公沿着走廊向书斋走去。

洪亮正坐在书斋角落里的一张太师椅上。见狄公进来，他连忙起身问好。洪亮拍打着手中的案呈说道：

"我的老爷，拿到这张呈子时我松了口气。您失踪了这么长时间，我们急坏了。犯人已关押在大牢里，死尸存放在停尸堂。我和仵作验看过尸体后，马荣和乔泰就驰往北门，看看还能帮您做点什么。"

狄公此时已在书案后坐了下来。他睨视着那堆卷宗。

"洪亮，送达的公文有需要急办的吗？"

"没有，大人，都是些例行公事。"

"既然如此，我们午间便可处置典当行掌柜钟旺被害一案。"

洪亮满意地点点头。

"大人，从校尉的呈子上看，这是件甚为简单的案子。既然我们已经把疑犯牢牢地锁在大牢里……"

狄公摇了摇头。"不，洪亮，确切地说，这不是件简单的案子。由于军寨方面很快采取了措施，期间又发生了某种巧合，才使人们认为已经可以结案了。"

他击了击掌，班头应声而入。狄公命他把疑犯王三郎带进来。他接着对洪亮说道：

"洪亮，我很清楚，县令审案应高坐在大堂之上，当着众百姓的面讯问疑凶。可这次不是正式的升堂，我只是想和犯人谈谈，以理清思路。"

洪亮一副似信非信的样子，狄公没再多做解释，只是一页一页地翻阅着文案最上面的公文。当班头把王三郎带进来时，他抬起了头。铁链已从王三郎身上卸了下来，但那张黝黑的面孔仍是那么桀骜不驯。班头按着他跪下，自己则手拿沉重的皮鞭站在他的身后。

"你可以下去了，班头。"狄公吩咐道。

班头焦急地瞥了洪亮一眼。"大人，这可是个凶暴的无赖啊，"他怯怯地说道，"他可能会……"

"听我的吩咐，下去！"狄公喝道。

班头满心不乐意地退下了。狄公靠回到太师椅上，话家常般地问这个年轻的渔夫：

"三郎，你在水边住了多久啦？"

"从记事起就在了。"年轻人讷讷地答道。

"一个奇异的地方，"狄公缓缓地对洪亮说道，"当我今晨策马驰过沼泽时，看见形状怪异的云朵飘浮在四野，缕缕晨雾如长臂般从水中伸出，就好像……"

那年轻人一直竖着耳朵在听，这时他飞快地插嘴道："这些东西最好少讲！"

"可以。三郎，这些东西你都知道。在大雨如注的晚上，沼泽里发生的事情，你肯定比我们这些城里人知道得要多。"

王三郎鸡啄米似的连连点头。"我看到过很多东西，"他用低沉的声音说道，"亲眼看到。他们都住在水里，有的害人，有的救那些快淹死的人，当然并不常见。但不管怎样，还是远离它们为妙。"

"千真万确！但王三郎，你还是吃了熊心豹子胆，敢插手管它们的事，看看现在你落了个什么下场！你被官家逮住，又是挨踢，又是挨打的，还被当成是杀了人的凶手！"

"我跟你说了，我没杀他！"

"对，但你知道谁或者什么东西杀了他吗？而且他死后你还拿刀捅他，捅了好几下。"

"我看见红色的……"王三郎嘟囔着说道，"要是我先一步知道的话，早就把他的喉咙割断了。因为我亲眼看见，这只耗子，这……"

"闭嘴！"狄公严厉地打断他，"你在死人身上动刀子，卑鄙怯懦！"他平复了一下情绪，继续说道：

"但是，我还是愿意忘掉你的所作所为，因为即使气得发疯，你还是不加辩解，好使黄莺不致牵连进来。你和她来往有多久了？"

"一年多了。她又可爱，又聪明。可别相信人说的她是个傻子，她会写一百多个字，我才认得十几个字。"

狄公从袖筒里摸出三两银子，把它们放在桌上。

"把这些银子拿回去吧，买条好船再去娶她。她需要你，三郎。"

年轻人一把抓起银子，塞在腰带里。

狄公接着说道："你还得回牢里再待几个时辰，要等到彻底洗脱你的罪名之后才能放你出去。那时你就可以脱离樊笼了。王三郎，要学会控制自己的情绪！"

他击了击掌，班头噌地窜了进来。他一直等在门口，随时准备有麻烦就飞身而入。

"班头，把犯人带回大牢。再把林掌柜带进来，他在文案馆里。"

洪亮越听越是吃惊。他迷惑地问狄公道：

"大人，您和那年轻人都谈了些什么？真把我弄得一头雾水。您真想放他走吗？"

狄公站起身走到窗前。他望着景色单调、湿淋淋的院子说道：

"又在下雨了！洪亮，我在说什么？我在试探王三郎是否真的相信那些怪诞的鬼神故事。哪天你或许想在衙门的文案馆里找一本当地的民俗书。"

"可是大人，您是不信那些胡言乱语的！"

"是的，我不信，一点也不信。但我觉得应该读一些这类的书，因为在我们管辖的地面上，众鬼神深深地影响着百姓的生活。给我倒杯茶，洪亮。"

洪亮倒茶时，狄公坐回到椅上，埋头去翻阅书案上那堆公文。当他喝第二杯茶时，有人敲了下门。班头把林掌柜领了进来。随后，他便小心翼翼地退了出去。

"坐，林掌柜！"狄公温和地对客人说道，"我想我的主簿已告诉你该怎么填写必要的文书了吧？"

"是的，大人，确实如此。刚刚我们还在和造册的书吏查验田产呢，还……"

"按照一年前立的遗嘱，"狄公打断他的话，"钟员外把所有的田产和三分之二的本钱都留给了他的两个儿子，这你是知道的。余下三分之一的本钱和当铺，他留给了你。你想接着开当铺吗？"

"不，大人，"林掌柜露出一丝微笑，答道："我已在当铺里做了三十几年，从早到晚地干啊干的。我要卖了它，靠留给我的本钱过活。"

"好。但是，假如钟员外又立了一份新遗嘱呢？他加了一条，说你只能拿到铺子，你怎么办呢？"林掌柜的脸一下子变得铁青。狄公不容他喘息，接着说道：

"买卖虽兴隆，但你还得再干个三年五载才能攒够钱回家养老。而你已没几年好活了，林掌柜。"

"不可能！他怎么，怎么会……"林掌柜结结巴巴地说道。随后他叫道：

"你在他的铁盒里又找到新的遗嘱了？"

狄公没有回答这个问题，只是冷冷地说道：

"你的老伙计有一个情人，林掌柜。她的爱情对他来说，比什么都重要。"

林掌柜跳了起来。

"你是说那老蠢物会把钱留给那个又聋又哑的娼妇？"

"是的，林掌柜，这事你一清二楚。昨天晚上，当你的老伙计告诉你这件事之后，你们激烈地吵了起来。不，别想抵赖！你的仆人听见了你们的争吵，他会在大堂上做证的。"

林掌柜跌坐在椅上。他擦了擦汗湿的面孔，镇定了一下情绪，开口说道：

"是的，大人。我承认，昨天晚上我那老伙计告诉我他爱上那女孩之后，我气得要命。他想带她远离此地好娶她，我劝他别做这蠢事，唾沫都说干了，可他却叫我少管闲事，让我快点滚出去。我根本不知道他会去古塔。谁都知道，那泼皮王三郎追她追得正紧。王三郎惊动了这两人，还把我的老伙计杀了。今天上午没跟您说这些事真是不好意思，大人。我怎能说我那死去的老伙计会……既然您已抓住了犯人，大堂上一审，就什么都水落石出了。"

他摇了摇头："大人，我得承担一部分责任，昨天夜里我该跟着他的，我本该……"

"但你确实跟着他去了，林掌柜，"狄公简短地打断了他，"你也是个打鱼人，跟你那老伙计一样熟悉沼泽。一般来说，穿越沼泽并非易事，但大雨过后，水势上涨，经验丰富的渔夫可以驾小舟沿上涨的溪流和池沼通过沼泽。"

"不可能！这条路有军卒整夜巡逻。"

"如果蹲伏在小舟里，就可以借助高高的芦苇躲过他人的视线，林掌柜。所以你的老伙计只能在大雨过后的夜晚到塔里去，因此那可怜的痴呆女子才会以为进来的是个神灵，是雨神，因为他随雨而来。"

他叹息一声，猛然用犀利的目光紧紧盯住林掌柜，厉声说道：

"当昨夜钟员外告诉你他的打算后，林掌柜，你眼看自己多年来闲逸富足的晚年梦想即将破灭，便紧随其后来到古塔，从背后插进一把利刃将他杀了。"

林掌柜双手一扬："多么绝妙的推断啊，大人！您把这罪名栽在我头上，有何证据？"

"钟员外的遗物中有一张当票，这就是证据。当票是军卒在案发现场找到的，可你亲口告诉我，钟员外已完全不过问生意上的事了，那他为何会随身携带一张当天才开具的当票呢？"

林掌柜默不作声，狄公继续说道：

"你一时冲动，想要杀他，所以紧随其后冲了出去。那是在晚饭后半个时辰左右，你近邻的店东跟往常一样在看夜景，正好看到你穿街而过。还有，你在码头边解缆登舟时周围也有许多人，因为一场大雨转瞬即来。"

林掌柜的眼里骤然闪过一丝恐惧，这正是狄公要等的最后证明。他用平静的口吻结束了这段话：

"如果你现在招供的话，林掌柜，就省得本县去找寻所有的人证了，我准备起草一份呈子，请求宽恕你的死罪，因为此案不是预谋杀人。"

林掌柜直勾勾地盯着前方，茫然若失。突然，一阵狂怒扭曲了他苍白的面孔。"这个不要脸的老淫棍！"他唾骂道，"让我流着血汗，像畜生一样为他卖了这些年的命。现在他却要把这些辛苦钱送给一个下贱的痴呆小娼妇！这都是我给他赚的钱呀……"他定定地看着狄公，吐出了几个坚定的字眼："是的，是我杀了他，他活该落得这个下场。"

狄公向洪亮使了个眼色，洪亮便向门口走去。狄公对这当铺的掌柜说道："午间升堂时再听你从头至尾地招来吧。"

直到洪亮领着班头和两名衙役进来时，两人再没说过话。衙役们把林掌柜锁上铁链带走了。

"这案子让人恶心，大人。"洪亮沮丧地说道。

狄公啜了口茶，他举起杯子示意再添些茶水。

"是让人怜悯。洪亮，要不是他蓄意陷害王三郎的话，我甚至觉得林掌柜可怜。"

"王三郎在这案子中扮演了什么角色，大人？他干了些什么，你今天上午问都没问！"

"没必要问，一切都再清楚不过了。黄莺告诉三郎，有个雨神常在夜里来看她，有时还送些钱给她。记住，五十年前，我们大唐的许多河域都有每年向当地河神供奉童男或童女的风俗，直到官府出来干预才罢手。今天早晨，当王三郎给黄莺送鱼时，发现房内有一具死尸面朝下趴在地板上。号泣的黄莺使他相信，妖怪把雨神给杀了，又把他变成了丑老头儿。但当他把尸体翻过来并认出死者时，一下子就明白他和黄莺都被骗了。狂怒之下，他拔出匕首在尸身上连捅数刀。随后，他意识到这是起凶杀案，他会被怀疑，于是就逃离了现场。当他试图洗掉粘在裤子上的钟员外的血迹时，军卒们抓住了他。"

洪亮点了点头："大人，您怎能在短短的几个时辰内便探明此案呢？"

"起初我认为校尉的推测顺理成章，只有一点让我感到不安，那就是杀人和切割尸体竟会间隔这么长的时间。我对那张当票倒没感到有何不妥，因为开当铺的把当日开具的当票放在身上是再自然不过的事。接着，在审问王三郎时，他骂钟员外是个骗子，这引起了我的注意。这是一时的口误，因为三郎决意要把他和黄莺都置身于此事之外，所以不愿吐露二人被骗的真相。当我询问黄莺时，她说'妖怪'杀了她的雨神，还把他变了模样。当时我根本不知道她在说什么。后来我见到了林掌柜，才初见端倪。林掌柜心怀鬼胎，变得有些饶舌，再三告诉我他那老伙计已不再过问铺子的生意了。这时我记起了那张在凶杀现场发现的当票，便开始怀疑他。一直到我察看了死者的书房，才明白死者的个性，方拨开迷雾见日出。我从仆人嘴里探知，林、钟二人昨夜为黄莺争吵了起来，从而证明了我的推断。当时，黄莺这个名字在仆人听来没什么特别的意思，但当他告诉我二人的激烈争吵是因'鸟'而起时，剩下的一切便不言而喻了。"

狄公放下茶杯。

"洪亮，这案子让我觉得，深入研习古老的公案笔记是何等的重要。书中反复强调，调查凶案的第一步便是摸清死者的性格、日常生活和习惯。在此案中，正是通过研究死者的个性，才助我抓住了破案的关键。"

洪亮捋着灰色的唇髭，欣然笑道："那姑娘和她的心上人真是幸运呀，大人！有您这样的县太爷为他们主持公道。所有的证据都对王三郎不利，他会被定罪，会被拉出去杀头。姑娘又聋又哑，小伙子也不怎么会讲话。"

狄公点了点头。他斜靠在椅上，含着一丝微笑说道：

"这案子给我带来了很大的好处，洪亮。一个只属于我的且甚为重要的好处。我必须向你坦白，今日清晨我有些消沉，实际上有那么一会儿还怀疑做这个官是不是值得。我真是个傻瓜。洪亮，这顶官帽是多么庄严神圣啊！只有身居官位，我们才能替那些有口难言的人伸张正义。"

667年，长安附近的汉源县发生了一桩奇案。这小小汉源县一面临湖，古风淳朴。县里有个老秀才，结庐而居，不问世事。其家之后的柳巷却是歌妓舞姬聚居的追欢卖笑之所。那日，老秀才正在莲池当中的水榭里赏月，却糊里糊涂地被人害了性命。这幕惨剧无人目睹，或者说看似无人目睹。

站在莲池中央的水榭内，他环顾四周，只见月光凄冷，笼罩着整座花园；侧耳倾听，只觉万籁俱寂，四野无声。他满意地一笑，低下头注视着竹椅上那具死尸。死者胸口露出一截刀柄，却只有几滴鲜血滴落在灰色的布袍上。圆桌上放着一把白镴酒壶和两只细瓷酒杯，他拿起其中一只，一扬手，倒空了里面的液体，对着死者喃喃说道：

"尘归尘，土归土，你好好地去吧。如果你只是个呆子，我还会饶你一条性命，可你却不是个呆子，竟敢来管大爷的闲事……"

他耸了耸肩。诸事顺遂。已过午夜，这孤宅地处荒郊，人迹罕至；暗夜沉沉，花园另一端的院落里一片死寂。他检视一下自己的双手，并未沾上一滴血迹；又弯下腰，检查一下水榭的地面和死者对面那把他坐过的竹椅。一切都干净利落，没有留下任何蛛丝马迹。现在他可以走了，尽可以从容逸去。

突然，身后传来"噗"的一声。他一个急转身，又惊又怕，但马上又松了口气。原来不过是只青蛙从池塘里跳到了水榭的大理石台阶上。此刻，那青蛙正蹲在台阶上，眨巴着鼓起的大眼睛庄严地望着他。

"癞蛤蟆，难道你还想说话不成。"他冷笑一声，"话虽如此，还是要以防万一。"说着，他飞起一脚，恶狠狠地向青蛙踢去。那青蛙一头撞在桌子腿上，两条后腿蹬了几下便不动了。他拿起另一只酒杯——就是死者用过的那只——仔细地看了一阵儿，便把它塞进了自己的袍袖里。现在没事了。他转过身正欲离去时，却又看见了那只死青蛙。

"见你的鬼去吧！"他轻蔑地啐了一口，一脚把它踢进了水里。莲花池中"扑通"一声，霎时间数百只青蛙惊恐地呱呱齐鸣，鸣叫声撕裂了夜的寂静。

他咒骂着，沿着九曲桥向园门走去。溜出门后，他又把门关紧。在他身后，青蛙的叫声渐渐沉寂了下来。

几个时辰后，回城的滨湖大道上出现了三位骑士。朝霞满天，映红了他们棕色的猎装和黑色的小帽；凉风习习，吹皱了一湖碧波。可惜好景不长，天旋即热了起来，毕竟已是仲夏时节了。

当中一人，两肩宽宽，长须飘飘。他微笑着对那年纪较大、身材瘦削的同伴说道：

"出猎野鸭，如捕奸宄！设一诱饵，人则藏过一旁，张网以待。见有鸟飞入，便收网捉之。"

迎面走来的四个农夫见状，马上放下肩头的蔬菜担子跪倒在路旁。他们已认出了那长须之人，他正是汉源县令狄仁杰。

"大人，我们在芦苇丛里把巴掌都拍烂了，"骑马在他身后的一个壮实汉子抱怨道，"可只弄到了几片破水草！"

"马荣，活动一下筋骨也是好的！"狄公转过头对他的侍卫说道。接着，他对身边的瘦削男子说道：

"若是日日清晨有此一游，袁公，你的仙丹妙药便无用武之地了。"

瘦削男子苦笑了一声。此人姓袁名凯，酷好打野鸭。他家广有家财，城里最大的一家生药铺子便是他家开的。

狄公打马前行，很快便进了坐落在山坡上的汉源县城。三人在孔庙前的集市下了马，拾级而上，来到县衙所在的大街。衙署居高临下，在此可以俯瞰县城和汉源湖。

马荣用手指着站在衙门前的一个矮壮男子，粗声大气地叫道：

"老天爷！我还从没见过老班头这么早爬起来过。他八成是病糊涂了！"

张班头跑上前来。他施了个礼，急急禀道：

"会作诗的孟兰秀才被人杀了，大人！半个时辰前，他家用人孟福跑来说，他家老爷死在花园的水榭内。"

"孟兰？会作诗？"狄公皱着眉念叨着，"我来汉源已满一载，还从未听说过此人。”

“大人，他住在乡下一所老宅子里，靠近城东的沼泽，”药铺店东说道，“此地认识他的人不多，他也很少到城里来。但据我所知，他的诗作在长安很受行家的赏识。”

“我们最好即刻动身，”狄公说道，“张班头，参军和我那两个侍卫回来了没有？”

“回大人，还没有。他们还在县西，靠近县境的村子里。早上，大人前脚刚走，洪参军就派人送来一封书信，说是金砖被劫一案仍无头绪。”

狄公捻弄着长须。

“此案甚为可恶！”他烦躁地说道，“银库被劫走的十二块金砖还没有下落，又冒出一桩无头凶案！罢，罢，车到山前必有路。袁公，你可认得到孟宅的路？”

“回大人，有一条捷径可到，但必须穿过城东的花街柳巷，要是大人允许的话……”

“有何不可！张班头，你也一道前往，差几个衙役随孟福回去看守水榭，切勿擅动一草一木，你可做得到？”

“回大人，不敢有误！”班头郑重其事地说道。

“有长进。”狄公评论道。班头美滋滋地笑了起来。狄公一见，又淡淡地加了一句：

“只可惜长进得太慢了。来呀，走吧！”

药铺店东一马当先，引着一干人等穿街过巷，曲曲折折地绕到湖边，不久便驰进了城东的一条窄巷之内。此巷因路旁遍植垂柳，故而得名“柳巷”，巷内都是些教坊妓院。

"跟我说说，孟兰是何等样人。"狄公对药铺店东说道。

"回大人，晚生也不是很清楚。晚生到他府上去过几次，此人看起来倒是宅心仁厚，有谦谦君子之风。两年前他迁来此地，住在柳巷后的宅子里。房虽只有三间，花园却极大，还有一个莲池。"

"他家人口多吗？"

"回大人，他迁来此地时发妻已死，两位公子皆已长大成人，都住在长安。去年他在柳巷碰到了一个官妓，便赎了出来娶为填房。这女子除了相貌尚可外，别的便不敢恭维了——不会写，不会念，不会唱，也不会跳。不过，若非如此，孟兰怎会只花这几两银子就能把她赎出来呢！尽管如此，那还是花光了他所有的积蓄。长安有人慕其诗名，每年送些例银给他，他就靠此过活。虽说孟老爷本应娶个年纪大点的女子，但据晚生所知，他二人成亲后还是夫唱妇随，甚为美满。"

"照一般人的想法，"狄公说道，"才子应配个知书识礼的佳人，所谓'才子胸中意，佳人是知音'。"

"大人，这女子倒是本本分分的，讲起话来又轻又柔，"药铺店东耸耸肩说道，"而且把他服侍得也很周到。"

"别看孟兰是个酸秀才，算盘拨得倒是很精。"马荣嘀咕道，"又善良，又本分，还把他伺候得舒舒服服。这样的姑娘有几个男人能弄到手！"

柳巷越来越窄，最后竟成羊肠小径，通往巷后的沼泽。沼泽周围长满了浓密的灌木和高大的橡树。

四人在一处简陋的竹篱前滚鞍下马。两个站在门前守卫的衙役上前行礼后，遂把门推开。进门后，狄公环顾大花园，只见低矮灌木环绕着莲池，花草葳蕤，一派烂漫。草木虽未修剪，却枝叶纷杂，别有一番野趣。荷叶田田，覆盖着池面；彩蝶双双，慵懒地在叶上飞舞。

"孟兰对这花园爱如珍宝。"袁凯叹道。

狄公点头称是，看了看通向水榭的红色木桥。水榭共有八角，四壁并无遮拦，细长的支柱支撑着飞檐，檐上覆着青青瓦片。狄公向莲池外望去，发现花园后面草草搭就一座木屋，茅草屋顶半没于屋后一株高大的橡树浓荫里。

赤日炎炎，狄公擦拭了一下额头的汗水，遂走上窄窄的小桥，其他三人紧随其后。水榭内甚是狭小，仅容得四人。狄公打量着瘦小的死者，见他穿着一领家常的灰布长衫，半躺半坐在竹椅之上。狄公弯下腰摸了摸死者的肩膀和细瘦的手臂，直起身说道：

"尸体正在变僵。天气既热又潮，很难确定死在何时。依我之见，当是在午夜之后。"

他小心地从死者胸部拔出尖刀，审视着细长的刀身和朴素的象牙刀把。马荣努着嘴说道：

"大人，看这有啥用。这种蹩脚货，城里的铁匠那儿有一大堆哩。"

狄公没有说话，把刀递给马荣，马荣从袖筒里抽出一张纸裹了起来。狄公检查死者那张瘦脸，见他正咧着嘴怪异地笑着：嘴角一边向上翘起，一边却向下耷拉着。他的颔下飘拂着一缕灰白的山羊胡，一抹唇髭又粗又长，年纪六旬上下。狄公从桌上拿起大酒壶摇了几下，发现所剩的酒已不多了。他又拿起旁边的酒杯，细细端详一会，然后迷惑不解地纳入袖中。他转向班头说道：

"传我的话，让衙役们折些树枝做副担架，把尸体送到县衙以备查验。"

接着，他又转向袁凯说道：

"袁公，竹篱之旁有只石凳，请稍事歇息，我片刻便回。"

他打了个手势，让马荣跟在身后。

二人又上了小桥，薄薄的木板在两人沉重的身躯下吱嘎作响。他们沿着莲池，一直向木屋走去。在前廊阴凉处，狄公深吸一口清凉的空气，心神不禁为之一爽。马荣上前敲了敲门。

开门的是个少年。他相貌斯文，神态却颇不友善。马荣说，县令大人想见见孟夫人。少年一扭身，匆匆折回屋内。房间里没什么家具，当中摆放着一张摇摇欲倒的竹桌。狄公在桌旁坐下，马荣抱着双臂立在他身后。狄公看了看破旧不堪的家什，又望了望裂了缝的土墙，说道：

"这样看来，其意不在财。"

"大人，快看，那位来了！"马荣低叫着，"老夫少妻，会出啥事，咱能不知道吗！"

狄公环顾四周，但见门边立着一个窈窕女郎。她约有二十五岁年纪，未施脂粉，面带啼痕，眼如秋水，眉似新月，檀口饱满，肌肤光润，恰如一枝梨花春带雨，甚是引人遐思。她身上那件蓝色衣裙虽有些褪色，却掩不住一段轻盈体态。她畏惧地看了狄公一眼，向前道了万福，起身后便垂目站在那里，恭谨地等着狄公问话。

"夫人，尊夫过世未久，我便贸然相扰，心下甚是不安。"狄公柔声说道，"但我相信，以夫人之聪明智慧，定会明白这是为了早日将凶手捉拿归案。"见她点头称是，狄公便接着说道：

"你最后一次见到孟兰是在何时？"

"先夫和我在这间房内用过晚饭，"孟夫人的声音轻柔而又甜美，"我清理了桌面，他便坐在这里看了一两个时辰的书。后来他说月色甚美，要到花园的水榭内喝几杯酒。"

"他常常如此吗？"

"噢，是的，几乎夜夜如此。吹一阵清凉的夜风，听一会儿草虫的鸣叫。"

"他常在那里见客吗？"

"从来不，大人。他喜欢独来独往，不愿与人结交。即使偶尔见个客人，也总是在午后，而且就在这厅里吃上一杯淡茶。奴家爱此地的清静，先夫又体贴备至，他……"

她眼圈一红，嘴角抽动了几下，但很快便止住了悲伤，接着说道：

"奴家温了一大壶热酒送到水榭。先夫嘱我不必等他，说他打算在亭上待到深夜，所以奴家便回房先睡了。今天早上，福儿像疯了一样敲着我卧房的门，我才发现我那夫君并不在身旁。福儿那孩子告诉我，他看见先夫在水榭里……"

"福儿住在这里吗？"狄公问道。

"不，大人，他和他的父亲住在一起。他父亲是梨香院，就是柳巷最大那家行院的花匠。福儿只白天来，我烧好晚饭他就走了。"

"昨夜晚间你可曾听到有何异常的响动？"

孟夫人蹙起眉头想了一下，答道：

"我醒来过一次，那时必是刚过午夜，池塘里的青蛙叫得震天响。它们白天倒是不声不响，都躲在水底，连我到池里采荷花的时候也不叫。但一到晚上，它们便出动了，而且还很容易受到惊吓。所以我猜是先夫回房时可能向池里扔了一块石头或别的什么，这样想着我就又睡了。"

"明白了。"狄公说道。他手捋长须，想了片刻。

"你丈夫的脸上不见惊恐之色，可见被刺时毫无防备，还不知发生了何事便气绝身亡了。这说明尊夫与凶手相当熟悉。他二人对坐饮酒，那大酒壶里的酒都快喝光了，可水榭里却只有一只酒杯。你能查查是否丢了一只？这很难吧？"

"一点也不难，"孟夫人微微一笑，答道：

"我家只有七只杯子，六只是青花瓷，样式相同，还有一只是先夫所用，是较大的白瓷杯子。"

狄公双眉一扬，他见到的是只青花瓷杯。他接着问道：

"尊夫可有仇家？"

"大人明鉴，从来没有！"她叫道，"我想不出有谁会……"

"你可有仇家？"狄公打断她。

她粉脸一红，轻咬下唇，带着无限悔意说道：

"大人想必早已知道，奴家嫁与孟郎前一年，就在那边厢的行院倚门献笑，有几次曾拒绝过客人的追欢买笑。但奴家相信他们都不会……而且自从奴家嫁后……"

她语声渐渐低微，终于细不可闻。

狄公立起身，谢过孟夫人，又劝慰了几句"世事无常"的话，便作别而去。

两人走在花园的小径上，马荣说道：

"您该问问她有没有相好的，大人！"

"马荣，此事便交由你来办了。你和那院中的姑娘还有来往吧？我记得她叫菊花。"

"叫桃花，大人。俺俩人当然还有来往。"

"好，你现在就去柳巷，下点功夫，让她把孟夫人当年在院中的一举一动都说出来，尤其是她当年曾与何人来往。"

"太早了，大人，"马荣犹犹豫豫地说道，"她还没起来呢。"

"那就把她拎起来！快去！"

马荣噘着嘴，一副不情愿的模样，可两条腿却溜得飞快，一下子就到了门口。狄公不经意间想到，要是他时不时地打发这小子在早饭前去会情妹，他那色眯眯的毛病没准儿就能治好。一般来说，这种女人都睡得晚，所以大清早都是一副蓬头垢面的模样。

袁凯正站在池塘边，和一个刚来的人认真地谈着什么。这人身材高大，面部丰润，神态庄严，装束整洁。药铺东家上前为狄公引见。此人姓文名寿方，是新任茶商行会的会首。文寿方深施一礼，连称还未拜过县令大人、礼数不周等等。狄公忙打断他，问道：

"文公为何清早到此？"

狄公出其不意地一问，倒令文寿方慌得不知所措。他结结巴巴地答道：

"我，我想劝孟夫人保重身体，再……再问问她是否有需要在下效劳的地方。"

"如此说来，你与孟家交情匪浅？"狄公问道。

"大人，我跟寿方兄刚刚还在谈论此事，"袁凯急忙插言道，"现在就跟大人说个明白。孟夫人未从良时，寿方和我都是她的裙下之臣，可都没能赢得佳人芳心。我二人明白，即使身在行院，她也有择人而适的权利，对此我等绝无半点怨恨，还望大人明察。再者，我与寿方对孟兰都甚为尊敬。看到他夫妻二人相敬如宾，我们都满心欢喜。所以……"

"这些就不必提了，"狄公止住他的话头，"我想，两位都可证明昨夜不在孟宅附近吧？"

药铺东家面红耳赤地望了友人一眼，文寿方却满不在乎地答道：

"大人，实际上我和老袁昨晚都在吃花酒，就在柳巷最大的那家行院。酒足饭饱后，我们就，啊，就上了绣楼，还，啊，还带着伴儿。子夜之后又过了几个时辰才回家。"

"我在家里眯了一会儿，"袁凯补充道，"就爬起来换上猎装直奔县衙，好带大人您去打野鸭。"

"知道了，"狄公说道，"你二人回得如此明白，倒省得本县追查，如此甚好。"

"这莲池真是美不胜收啊。"文寿方说道。他看起来好像松了口气。两人陪着狄公来到花园门口，他又说道：

"可惜这种地方常有青蛙聒噪。"

"有时候还叫得没完没了呢！"袁凯一面为狄公开门，一面说道。

狄公飞身上马，向县衙驰去。

班头在前院迎接狄公。他禀告说耳房一切就绪，可以验尸了。狄公先回到自己的书斋。主簿为他斟茶的时候，他给马荣写了封短笺，嘱他查问一下昨日陪袁凯和文寿方过夜的两名妓女。他想了片刻，又写道：

"再核查孟宅仆人昨夜是否在其父家中过夜。"

他封好信口，命书吏即刻送交马荣。办完这些事后，狄公才匆匆啃了几块干饼。他走到耳房，仵作带着两名助手正等候在那里。

查验结果与狄公估计的一致，孟秀才并无疾病，系被利刃穿心致死。狄公命班头先把尸体放入棺中，最后安葬的时间和地点待定。他回到自己的书斋，主簿呈上待阅的公文函件，狄公便埋头批复起来。

马荣回来时，天已近正午。狄公打发主簿离去后，马荣便一屁股坐在他书案的对面，一边捻弄着唇上的短髭，一边洋洋得意地说道：

"大人，桃花早就起来了！我敲门的时候她正在梳妆。昨天晚上她没接客，很早就睡下了。她看起来比往常还要美，我……"

"行啦，行啦，谈正事吧！"狄公不快地打断他的话。瞎子也看得出来，狄公的部分策略并未达到预期的效果。

"她定告诉了你许多事情，"狄公接着说道，"你去了整整一个上午，时间可不短啊。"

马荣嗔怪地看了狄公一眼，一本正经地说道：

"大人，对付这些姑娘可得步步当心啊。跟她一起吃过早饭后，我便开始七拐八绕，好不容易才把话题绕到了孟夫人身上。她原名史美兰，在院里的艺名叫玛瑙，北方人，老爹是个种地的。三年前，她家乡发生了严重的旱灾，饿殍遍地。她爹为了活命，只得把她卖给了妓院，后来她便被转卖到了桃花卖身的这家。她自己倒是满不在乎的，没啥心事。院里的乌龟说，袁凯的确向玛瑙献过殷勤，也的确遭到了玛瑙的拒绝。乌龟说那是为了抬高自己的身价，因为药铺东家没那么痴心，后来就移情别恋了，她听说后很是自怨自怜了一阵。文寿方就有点两样了。他这人脸皮薄，试探了几次，见玛瑙不理不睬，便偃旗息鼓，只敢远远地顶礼膜拜。后来孟兰碰到了她，就把她赎了出来。不过桃花倒是觉得，文寿方还是放不下玛瑙。他老是跟别的姑娘讲玛瑙如何如何，前两天还说玛瑙该嫁个更好的夫婿，而不是孟兰这样又老又偏的酸秀才。我还打听到她有个弟弟叫史明。这小子可是个十足的王八蛋，又是酗酒，又是赌钱。他姐前脚刚到此地，他后脚就跟来了，花的都是他姐姐的皮肉钱。一年前，就在孟兰娶玛瑙前两天，他突然没了踪迹。可是，七八天前他又从地里钻了出来，向乌龟要他姐姐。得知已被孟兰娶走后，他拔脚就往他姐姐乡下的家里跑。后来孟家的仆人跟人说，史明和秀才吵了一架。他没听明白为啥事吵，但肯定和钱有关。孟夫人哭得昏天黑地，史明怒气冲冲摔门而去，之后再没上过门。"

马荣停下来喘了口气，狄公却未置一词。他慢慢啜饮着香茗，紧紧皱着两道浓眉。突然，他问了一句：

"孟家的仆人昨夜出去了吗？"

"没有，大人，我问过他爹，那个老花匠，还问了他家的左邻右舍。这小崽子一吃完饭就回家了，到家后倒头便睡，呼噜一直打到天亮。他的两个兄弟和他睡在一张床上。大人，你这一问倒叫我想起来你交代的第二桩事了。我探听到昨晚陪袁凯过夜的妓女叫牡丹，是桃花的姐妹。他们子夜时分进到牡丹房里，一起待了个把时辰，这之后袁凯就走了，既没骑马，也没坐轿，说是要赏月。陪文寿方的姑娘叫菊花，是个标致的小骚货，今天早上看上去不太高兴。看样子文寿方在宴席上喝得太多了，一进菊花的房门便睡得像个死猪。菊花想把他弄起来，可使出浑身解数也没用。于是她就跑到隔壁的房间跟姐妹们抹起牌来，把文寿方丢到了脑后。一个半时辰后，文寿方倒是醒了，可菊花还是空欢喜一场，因为他醉得头都要裂了，便径自打道回府了，也是走着回去的。他说走路比坐轿好，因为新鲜空气可以让他清醒点。就这些，大人。我觉得是史明这小子杀的人，因为孟兰娶了他姐姐，就是抢走了他的饭碗。您看我是不是该叫班头缉捕他？我知道他长什么嘴脸。"

"照此行事，"狄公说道，"你可以退下了，去用午膳吧。今日晚间再来这里。"

"那我先去打个盹，"马荣志得意地说道，"今天上午可真够累的，又是打野鸭，又是探案子。"

"本县毫不怀疑！"狄公嘲弄地说道。

马荣离去后，狄公便上了楼。那里有一个大理石的露台，可以俯瞰一弯翠湖。他在一张宽大的太师椅上坐下，开始享用午膳。他的私宅就在县衙后面，他却不想回去。因为牵挂着凶案，与家人在一起时他会显得郁郁寡欢。用过午膳，他把椅子拖到阴凉的角落里，想小憩片刻。可就在这时，书吏走上楼交给他洪亮呈进的一份长长的呈文，内称：

> 在下于县西一带明察暗访，现已探知库银被劫一案系六名劫匪所为。六匪击昏押送的兵丁后，抢得装有金锭之包裹后，窜至两县交界处一家酒馆狂饮相庆。后有一陌生客人至，鼻口处覆以面巾，酒馆内无人能识。匪首将一包裹交于此人，两人相偕离店，向邻县境内的树林一带走去。而后，生客之尸见于离店不远的沟渠内，面部遭重创，几不可辨，仅凭所著衣裳可辨其人。当地仵作经验甚丰，查验后发现，死者胃部残留剧毒，金锭就此下落不明。

"据此看来，库银被袭一案系精心策划，"洪亮最后写道，"背后定有巨奸黑手操纵。此人令属下雇用匪徒打劫，又派同一人至酒馆取货，自己则跟踪其后，伺机下毒，并将其击毙，或想除掉知情者，或想独吞赃物。为擒获此幕后巨奸，尚需邻县县令施以援手。在下斗胆请大人亲来此地督查此案。"

狄公慢慢地卷起呈文。洪亮说得有理，他应该即刻启程前往县西，但孟兰一案尚未了断。袁凯和文寿方都有行凶的时间，可似乎又都没有行凶的动机。至于孟夫人的兄弟，确有动机，可若真是他下的手，恐怕此刻早已逃之夭夭了。狄公叹了口气，斜靠在椅上，手捋长髯，沉思不语，旋即沉沉睡去。

醒来后，狄公恼怒地发现日已西斜，这一觉睡的时间可真长了。马荣和班头侍立在廊柱下，班头禀道，已下令缉捕史明，但还未发现他的踪迹。

狄公将洪亮写来的呈文递给马荣，说道：

"好好看看，看过后你便打点行囊，明日一早我们就要动身前往县西。送达的公文中有一封来自户部，系催问库银被劫一案。丢了一串铜板都会让这些老爷们夜不成寐，更不要提十二块金锭了。"

狄公走下楼，在书斋内草拟了一份呈给户部的公函，然后命人把晚膳摆在书案上。他心不在焉，食不知味，叹了口气便放下食箸，想到这两宗案子竟会接踵而至，可谓祸不单行，雪上加霜。他猛地把茶杯一放，站起身，在屋内来回踱步，突然间想起那只失踪的茶杯可能去的地方，便迫不及待地想要证实这一推断。他走到窗前向院子望去，见无人往来，便疾步穿过角门，神不知鬼不觉地离开了县衙。

走上街头，他拉起颈巾遮住口鼻，在街角雇了一乘小轿。他在柳巷的梨香院前打发了轿夫。梨香院灯火辉煌，从窗子里飘出令人费解的歌声和笑声，看来一场欢宴已拉开了帷幕。狄公快步穿过深巷，转入通往孟兰宅邸的小径。

来到花园门口，他注意到这里异常安静，四周的树木隔开了柳巷的喧闹。他轻轻推开门，若有所思地环视花园，但见月光映照碧池，池水银波粼粼；花园后的房舍院落深深，一片漆黑。狄公沿池而行，弯腰捡起一块碎石扔进池塘，霎时间群蛙齐鸣，蛙声大作。狄公满意地一笑。他走到门口，又拉起颈巾遮住口鼻，然后隐身在廊前的阴影里，敲了敲门。

窗上映出一点灯光，随后门开了。他听见孟夫人轻声唤道：

"进来，快点！"

她站在门边，上身赤裸，只在腰间围了条布裙，秀发如瀑，披散在肩头。狄公拉下遮面的颈巾，她惊得从喉咙里发出了一声低叫。

"虽然夫人等的不是我，"他冷冷地说道，"我还是要来。"他跨入房门，反手把门关上，厉声问那簌簌发抖的女子：

"你等的是谁？"

她嘴唇动了动，却没有发出任何声音。

"快说！"狄公喝道。

她紧紧抓住腰间的布裙，嗫嚅地答道：

"奴家没在等谁。奴家只是被蛙声惊醒，恐有歹人进园，所以出来看个究竟……"

"恐有歹人进园，却要开门揖盗，请他快些入内！编谎也要编得可信些！带本县去你的卧房，看看你等情郎的地方！"

她默然无语，从桌上拿起蜡烛，领着狄公来到一间小小的厢房。房内只有一张窄窄的木床，床上铺着薄薄的芦席。狄公快步走到床边摸了摸席子，那上面还残留着她的体温。他直起身，厉声喝问道：

"你常睡在这里吗？"

"不，大人，这是仆人的房间，那孩子在这里睡午觉。奴家的卧房在厅堂的那一侧，我们刚才穿过的便是厅堂。"

"头前带路，到你的卧房！"

穿过厅堂，她带狄公来到一间宽大的卧房。狄公一到此地，便从她手中接过蜡烛，很快地巡视了一下房间。房内摆着一张带竹椅的妆台、四只衣箱和一张大床。狄公拉开床帷，看到柔软的芦苇织就的厚重凉席业已卷起，枕头也被放进了后墙的龛内。他转向她，怒声喝道：

"本县并不关心你与情郎睡在何处，本县只想知道你那情郎姓甚名谁，快说！"

她没有回答，却忽闪着眼睛向狄公溜去。忽然，她腰间的布裙掉了下来，一丝不挂地站在那里，只用两手遮护着上身，含羞带怯地望着狄公。

狄公转过身。"收起这些愚蠢的伎俩吧，本县已看得生厌了。"狄公冷淡地说道，"快穿上衣服，跟我到县衙去，今夜就在牢里睡吧。明日我将在大堂上审问你，如不实说，就要用刑了。"

她默默地打开衣箱，开始穿衣。狄公走到厅堂内坐下，心想要让这女子供出情夫，还得花一番工夫。转念一想，这女子出身青楼，不见得会为情舍命。这时孟夫人已穿戴整齐走了进来，他做了个手势，命她跟在身后。

孟夫人打开门（高罗佩　绘）

他们在柳巷口碰到了巡夜的更夫。狄公遂命领头的更夫备一乘小轿，把孟夫人送到县衙交给狱卒，再让其另派四人去孟宅，藏身厅堂，凡有叩门者，一律拿获。安排停当后，狄公缓步回衙，一路苦思冥想。

经过县衙门首时，狄公看见马荣坐在门房正跟守夜的兵卒们说着什么。他把马荣叫到书斋，告诉他夜探孟宅的经过。马荣悲哀地摇了摇头，道：

"如此说来，她有个情郎，情夫杀死亲夫。这样的话，这案子就了结了。再下点功夫，她就会把那家伙供出来的。"

狄公喝了口茶，慢慢说道：

"但仍有几处令我百思不得其解。孟兰被害，库银被劫，两案之间定有某种联系，但到底是何种联系，我却一无所知。虽如此，对以下两点我还是想听听你的看法。其一，孟夫人怎样与情郎佳期幽会？她和其夫几乎足不出户，偶有客来，也是白日造访；其二，我亲眼看见她今夜睡在仆人房中，房内只有一张窄窄的木床。她为何不在卧房内等候情郎？那里的床可是又大又舒适。如果她一心以偷情为乐，那么，无论对死去的夫君怎么尊敬，她也不会放着大床不用。当然，本县知道，偷情的男女不在意舒适，可那张又硬又窄的小木床还是……"

"好，"马荣咧嘴一笑，"这第一点嘛，要是一个女人动了春心，她总会有法子的，说不定她那情郎便是孟福。男女私情，与这案子毫不相干。至于这第二点嘛，我虽常睡木板床，但说老实话，倒从没想过跟别人合睡一张。不过，我很乐意到柳巷跑一趟，问问是不是有啥特别的乐趣。"他满怀期待地望着狄公。

狄公的眼睛虽盯着他，脑子却想着别处。他慢慢捻弄着胡须，静默了一会儿，忽然微微一笑。"也好，"他说道，"权且一试。"马荣笑逐颜开，但狄公后面的一串话却让他把脸拉得老长。

"速到渔市后的红鲤客栈找此地的丐帮头儿，让他交给你几名常在柳巷附近乞讨的乞丐到县衙。跟那丐帮头儿说，孟兰一案已初露端倪，因事关重大，本县要亲自讯问这些乞丐。此事无须避人耳目，反之，要做到满城皆知：我正为孟兰一案召乞丐入衙问话。你快去吧。"

马荣呆呆地坐在椅上，张着大嘴瞪着狄公。看到他这副样子，狄公又加了几句：

"若此计奏效的话，孟兰被害和金锭被劫一案便都可告破了。你尽力去办吧。"

马荣噌地站起身，嗖地向门外窜去。

马荣带着四个破衣烂衫的乞丐回到狄公的书斋时，看见角桌上摆着大盘的炊饼和咸肉，还放着几壶酒。

乞丐们吓着面如土色，狄公和蔼地招呼了几句后，他们才定下神来。狄公让他们吃些东西，再喝杯酒。乞丐们大睁双眼，好像看到了天上掉馅饼。他们拖拉着脚步走到桌前，流着口水望着一桌盛宴。狄公把马荣拉过一旁，压低嗓音吩咐道：

"你从衙役当中选三个得用之人，和这三人一道守在大门口。再过半个时辰左右，我会把这几个乞丐打发走，你们就跟在他们后面，切勿让人发觉。如有人拉住乞儿攀谈，便将此人拿下，连同那回话的乞丐一道押送回衙。"

狄公说完，便转向乞丐们，劝他们自在吃喝，不必拘束。乞丐们摸不着头脑，犹豫着不敢动手，但一俟醒过味来，杯盘登时便见了底，有如风卷残云一般。四人的头儿，一个独眼无赖，在油腻腻的大胡子上擦了擦手，听天由命地对其他三人耳语道：

"现在他要砍掉我们的脑壳了。我说，这顿送行饭给得还真不少哩。"

但接下来的事却让他们大吃一惊。狄公让他们坐在他书案前的矮凳上，问他们来自何方，多大年纪，家中光景如何，都是些无关紧要的小事情。乞丐们觉着狄公并无恶意，话便多了起来。

半个时辰转瞬即逝。狄公站起身，谢过众乞丐，告诉他们可以走了。乞丐们离去后，狄公背着双手，在房内来回踱步，两只手紧紧地握在一起。

敲门声起——来得如此之快，倒出乎狄公意料。马荣拖着独眼乞丐进了门。

"大人在上，银子是那人塞给小人的，小人还没回过味来呢！"老头子哀告着，"小人对天发誓，没偷他的钱袋！"

"本县知道你没偷，"狄公说道，"你且莫急，银子你就拿着吧，只需告诉我他跟你说了些什么就没事了。"

"他在街角把小人拦住，还硬往小人手里塞银子。他说：'跟我来，要是告诉我县令都问了你们什么话，还能再弄到一锭雪花大银。'小人发誓，句句是真，求大人为小人做主。"

"好！你可以走了。别把银子拿去吃酒赌钱！"乞丐慌张遁去后，狄公对马荣说道：

"带人犯！"

药铺东家袁凯一进房门便开始大呼冤枉：

"岂有此理，我虽不才，也是堂堂缙绅，怎能说抓便抓！求大人明告……"

"请袁公明告，"狄公冷冷地打断了他的叫喊，"为何藏在暗处，专为等候一个乞丐，又为了何事向乞丐讨教？"

"狄大人，这自然是因为晚生对查案过程甚感兴趣！晚生极想知道是否……"

"是否本县已揪住了你忘了藏的狐狸尾巴。"狄公替他说完了这句话，"袁凯，你杀了孟秀才，还杀了史明，而那史明正是你跟抢劫库银的匪徒接头之人。你犯了何罪，还不速速招来！"

袁凯的脸唰地变白了，但话音里却听不出丝毫的慌乱。只听他尖声问道：

"大人为我定了这等重罪，定是证据在握了？"

"此话不假。孟夫人说孟家从不在夜间见客，还说池塘中的青蛙白日里从不鸣叫。可你却知道它们何时鸣叫，还记得那句话吗——'有时候还叫得没完没了'。这说明你曾在夜里到过孟宅。还有，孟兰曾与凶手一处饮酒，凶手留下了自己的酒杯，却拿走了他那只样式特别的杯子。此外，孟兰死时表情平静，表明他被杀前曾中过毒，因此凶手才拿走了他的杯子，是怕杯子在池中洗过后仍有药味。在库银被劫一案中，联络劫匪的凶手同伙也是在中毒后被人杀害的。这意味着两案乃同一人所为。这就使本县对你起了疑心。因你开药铺，熟知岐黄；昨夜离开柳巷后，又有时间杀害孟兰。我还记得今晨去猎野鸭时，虽有阁下这样的高手带队，猎绩却不甚理想，一无所获。那是因为你昨夜辛苦了一场，身心疲惫之故。你曾告诉过我，猎鸭时要设置诱饵，我就用你教给我的简单方法来证明本县的猜测。今晚我以乞丐为饵，果然诱你上钩了。"

"那动机呢？"

"有些事情，虽与你无关，却让本县发现了孟夫人的秘密。孟夫人在夜里等候她的兄弟，这说明她已知道史明触犯了刑律。史明曾向姐姐、姐夫伸手要钱，遭到拒绝后便恼羞成怒，于是夸口说你已请他帮忙去做一桩大事，事成后会有大笔银子进账。孟兰夫妇知道史明不走正路，所以一听说库银被劫、史明又踪影皆无，便想到是他所为。孟兰心地诚实，数次拿此事问你，令你不胜其扰——这便是行凶动机。孟夫人虽想庇护其弟，但当她知道是你杀了她的夫君和兄弟之后，就会将一切和盘托出。有她作证，袁凯，此案便可了结了。"

袁凯望着地面，吭哧吭哧地喘着粗气。狄公又接着说道：

"我对孟夫人真是心怀歉疚。她虽曾靠出卖皮肉为生，却情操高洁，不改忠贞。对夫君，她一片冰心，情比金坚；对兄弟，虽知其顽劣成性，却仍呵护有加。为使其免受牢狱之苦，还不惜顶个冒犯朝廷命官的罪名甘受鞭笞。不过，她马上就会苦尽甘来，安享富贵了。因为你的一半家产要归她所有，也算是对她夫君被害的一点补偿，而且文寿方应该会在适当的时候向她求亲的，他对她依旧深情款款。至于你，袁凯，卑鄙的凶手，等着到刑场砍脑袋吧。"

袁凯猛地一抬头，语不成调地说道：

"那只该死的青蛙，都是它害了我！我杀了它，把它扔进了池塘，这才引得群蛙乱叫。"

他又苦涩地说道：

"唉，我真是个呆子，竟然说青蛙不会说话！"

"青蛙会说话，"狄公一本正经地说道，"它们不是说了嘛！"

两个乞丐

【短篇小说】

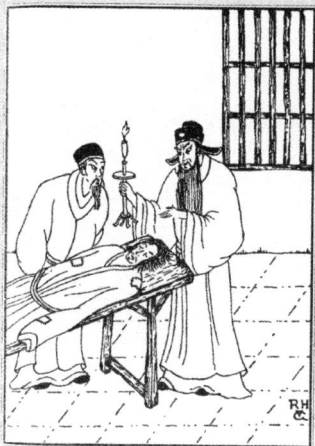

这个故事告诉你，狄公为何在元宵节的家宴上姗姗来迟。元宵节是春节庆祝活动的终曲，节日当晚，家家要摆家宴，由主妇们求神问卜，算算新的一年运道如何。这个故事发生在浦阳县，故事的后半段提到了一位脾气怪异的罗县令。他是狄公的同僚，浦阳邻县——金华的父母官。读过《铜钟奇案》一书的读者对他一定不会感到陌生。这里讲述的是一个"乞丐"的悲惨命运，故事中也出现了罗县令的身影。

送走最后一位客人，狄公长舒了一口气，瘫倒在座椅上。他抬起酸涩的双眼，向后花园望去。在那里，在渐浓的暮色中，他的三个小公子正在嬉戏。他们在枝头上挂起点亮的灯笼，灯笼上还画着八仙过海的图案。

今天是元宵节，农历正月十五，人们喜气洋洋地把各式各样的纸灯笼挂在屋外，整个县城都笼罩在喧嚣喜庆的气氛中。花园围墙的外边，不时传来游园民众的阵阵笑声。

浦阳风物繁盛，狄公在此已做了一年的县令。整整一个下午，浦阳的达官贵人络绎不绝地来到县衙后的狄府，恭祝县令老爷万事如意。狄公把乌纱帽往脑后一推，用一只手遮住脸。他不太习惯在白天喝这么多酒，感到阵阵头晕。他探身向前，从小茶几上的花瓶里抽出一朵盛开的白玫瑰，据说这种花的香气可以解酒。他深吸了一口气，闻着玫瑰花清新的芳香，脑海中不禁浮现出最后一位客人的身影。此公姓林名醉，是金器行的会首，他那尊臀似乎黏在了椅子上，一坐就是老半天。狄公准备洗漱、更衣，好使自己神清气爽地出现在三位夫人面前。此刻他的三位夫人正带着仆人们准备家宴。

花园里爆发出一阵嬉闹声，狄公抬眼四顾，发现两个大点的男孩子正在争抢一只大红灯笼。

"快进来洗洗身上！"狄公对他们叫道。

"阿魁想独占我和大姐姐做的漂亮灯笼！"他的大儿子不高兴地嚷道。

狄公正想再说，却从眼角余光里瞥见厅后面的一扇门开了。洪参军，他的幕僚，正蹑手蹑脚地走了进来。看到老头子苍白又憔悴，狄公忙说道：

"洪亮，坐下喝杯茶！今日将衙内所有的政务都交给你办理，我心下甚是不安。我本该在客人走后到书斋去处置公务，但林员外喋喋不休地说个没完，刚刚才走。"

"大人，今日无甚要事。"洪亮一边说着，一边给自己和狄公都倒了一杯茶。"在下遇到的唯一困难是书吏们无法安心公务，他们的魂儿都让节日里的神仙们给勾走了！"

洪亮坐下来喝了口茶，左手细细捻弄着灰色的唇髭。

"嗯，正当元宵佳节，"狄公说着把白玫瑰放回桌上，"只要没有紧急公务，稍稍放松一次也无妨。"

洪亮点头称是。

"正午前，北城的守卫到文案馆禀告说，一个老叫花子掉进了井里死了，井很深，头撞到了井底的尖石上。那口井就在离林会首家不远的后街上。衙里的仵作查验尸体后说，老叫花子是失足坠井而亡。可怜的老家伙，死时身上只挂着几块破布，披头散发，连顶帽子也没有。他是个跛子，定是早上出来乞讨时不慎绊了一跤，跌进了井里。丐帮头儿申八不认得此人，这可怜人定是从邻县来的，想趁着过节在这里讨些美食。若没人来认尸，我明日便找人把他埋了。"

狄公眼睛一扫，看见了他的长子。这小子正拖着一张太师椅在厅前的柱子间钻来钻去。狄公怒喝道：

"把椅子放下，照我的话去做！你们俩也一样！"

"遵命，父亲大人！"三个小子像唱歌般一起答应道。

望着孩子们跑开了，狄公这才对洪亮说道：

"告诉更夫把那口井盖好。要再三交代他。这帮家伙应该把各自负责的路段好好整治一番。还有，今晚家宴，我与家人都盼你来呢，洪亮。"

老人感激地笑着，躬身称谢。

"我现在就到文案馆把门锁上，大人！再过一刻时我就到您府上。"

洪亮走后，狄公想到自己也该去换件衣服，把这件硬邦邦的绿缎官服脱下，换上舒适的居家衣衫。但此刻厅堂里只剩下他一个人，他不愿起身，很想再喝杯茶，享受一下难得的清静。花园外面已安静下来，人们都回去吃晚饭了。不过，吃过晚饭，他们又会涌上街头，或观赏花灯，或在路边的小酒馆里欢饮美酒。狄公放下茶杯，想到今晚也许不该给马荣和另两名侍卫放假：夜深后，歌坊妓馆可能会有争斗。他提醒自己，得告诉班头，值夜的衙役需比往日增加一倍。

他又去拿茶杯，手却陡地停在了半空，两眼紧紧盯着厅后出现的黑影。那是一个高个子的老人，隐约可见，他衣不蔽体，光头无帽，长长的头发披散在两肩。他一瘸一拐，悄无声息地穿过大厅，手里还拄着一根弯头拐杖。他似乎没有看到狄公，只是弯着腰，自顾自地走过他身旁。

狄公想喝住他，问他未经通报便擅入官邸，居心何在，却怎么也发不出声来。一阵突如其来的恐惧紧紧攫住了他的心房，让他动弹不得。这老人身形飘忽，穿墙而过，无声无息地沿着阶梯进了花园。

狄公一跃而起，向通往花园的台阶跑去。

"回来，你！"他生气地喝道。

没有回音。

狄公走下台阶，踏进花园。月光笼罩下，花园里阒无人迹。他迅速搜索了沿墙栽种的灌木丛，却一无所获。那扇通向园外的角门仍像往常一样紧紧地锁着。

狄公一动不动地站着，不由自主地浑身战栗起来。他连忙裹紧了外衣，生怕那死去乞丐的鬼魂飘忽而来。

挨了片刻，狄公恢复了镇静。他噌地转过身，回到大厅，沿着昏暗的走廊向前面的文案馆走去。守门人已在门口挂起了两只红艳艳的灯笼。看见狄公进来，他忙毕恭毕敬地施了个礼，狄公心神不定地草草回了个礼，就径自穿过大堂中庭走进了文案馆。

书吏们早已各自回家，只有洪亮还就着一支蜡烛整理着书案上的公文。看见狄公走了进来，他一脸的诧异。

"想来想去，还是来看看那个死去的叫花子吧。"狄公若无其事地说道。

洪亮马上点亮了一支蜡烛，领着狄公穿过昏惨惨、冷森森的长廊，来到大堂后面的牢房。厢房的松木桌上停放着一具细瘦的尸体，上面盖着芦席。

狄公从洪亮手里接过蜡烛，示意他移开芦席。他高举烛火，凝视着那张毫无生气的憔悴面孔，见其两颊凹陷，上面刻着深深的皱纹，但却没有乞丐们常见的饱经风霜。他看上去五十岁上下，乱蓬蓬的长发里夹杂着几缕银丝，两撇短髭下是薄薄的嘴唇。许是死神作祟，此刻嘴角露出一抹诡谲的笑容。颔下无须。

狄公撩开死者下身的破布片，指着那条变形的左腿说道：

"他的膝盖定是曾经骨折过，接的时候又马马虎虎，所以接好后便成了明显的跛足。"

洪亮从屋角拿起一根长长的弯头拐杖，说道：

"他身形高大，所以必须用拐杖支撑着行走，这是在他身边发现的，也落在井中。"

狄公点了点头。他试着抬起尸体的左臂，但没能成功。尸体已经十分僵硬。他弯下腰，审视着那只手，然后直起身来说道：

"洪亮，看看这个！肌肉柔软，没有老茧，指甲很长，且保养得甚好！把尸身翻过来！"

洪亮把尸体翻了个身，狄公开始查看死者后脑勺一处深深的伤口。过了片刻，他把蜡烛递给洪亮，自己则从袖筒里掏出一方纸巾，小心擦拭着伤口周围沾着血迹的白发。他在烛光下仔细观察着纸巾，然后递给洪亮。他简短说道：

"看到这些细沙和白色小沙砾了吗？井底不会有这种东西的，是不是？"

洪亮迷惑地摇了摇头，缓缓答道：

"是的，大人。我想，井底大都是些烂泥。"

狄公走到桌子的另一端，看了看那双光脚，很白，脚后跟也很柔软。他转向洪亮，厉声说道：

"恐怕仵作验尸的时候心不在焉，心都在今晚的餐桌上了。这人不是叫花子，也不是失足坠井的。他被人扔进井里时早就断气了。扔他进井之人便是夺他性命之人。"

洪亮点头称是。他悔恨不已地揪着短短的灰色山羊胡说道：

"大人所言极是。凶手剥光了他身上的衣服，给他套上乞丐的衣裳。我本当一见到尸体就该对他破衣服里的光身子产生怀疑的。冬日的夜晚极其寒冷，就算是一文不名的乞丐也会在外套里再穿件衣裳的。"

他又看了看那处伤口，说道：

"大人，您看他头部是否受到过棍棒的痛击？"

"有此可能，"狄公捋着又黑又长的美髯答道，"近日衙门可曾有人来报过失踪？"

"回大人，有！昨日林员外送来一张陈条，说他府上的私塾先生王虚照例放假外出，本该两日前回府，可至今仍不见踪影。"

"怪哉！林员外刚才还在这里，对此事却只字未提。"狄公

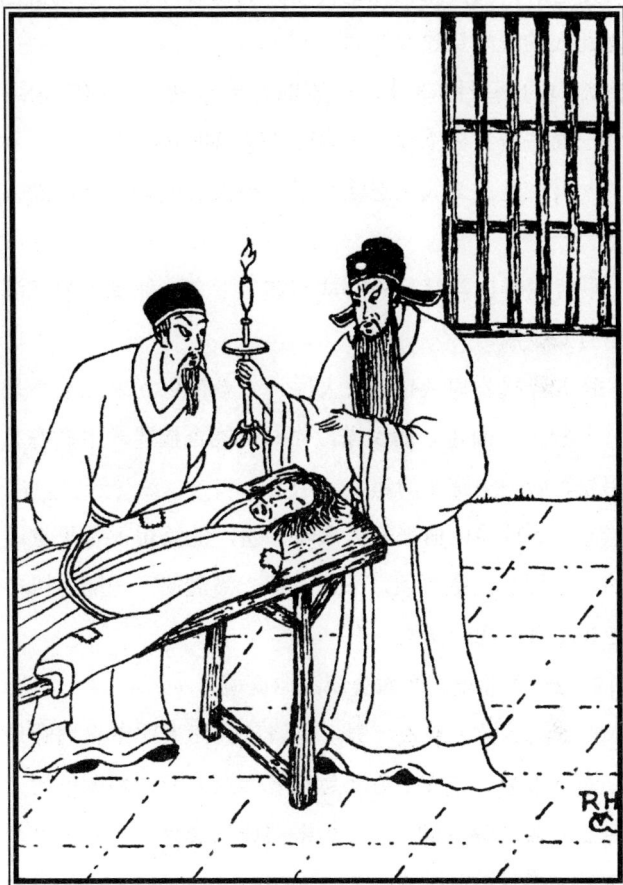

高举烛火，狄公凝视着那张形容枯槁的脸（高罗佩 绘）

嗫嗫说道，"传我的话，让班头备轿。告诉夫人不必等我吃晚饭了！"

洪亮走后，狄公站在原地没动。他望着死者，想到自己曾亲眼看见此人的魂魄穿过厅堂。

轿夫们的轿子刚落地，年迈的林会首就奔到前院来迎接狄公。他一面扶着狄公下轿，一面亮开嗓门嚷道：

"大人，是什么风把您吹来了？小人有何福气能请到大人您光临寒舍？"

一眼就能看出，林员外刚从家宴上下来。他嘴里喷着酒气，口齿也有些不清。

林醉引着狄公和洪亮走进大厅。"恐怕引我来此的不是什么福气，"狄公一面走一面说道，"林公能否描述一下贵府私塾王虚的相貌？就是失踪了的那个。"

"老天爷！保佑他平安无事吧！噢，他长得很是平常，又高又瘦的，上唇有一撮短须，下巴上却光溜溜的。左腿坏得不成样子，走起路来一拐一拐的。"

"他已死于非命。"狄公淡淡地说道。

林醉飞快地溜了狄公一眼，忙请狄公在大厅中央的圆桌上首坐下。为摆家宴，桌子上方还悬挂着一只大红的丝绸灯笼。林醉自己则坐在狄公的下首，洪亮仍旧站在狄公身后。管家进来倒茶时，林醉一字一句地说道：

"这就难怪了。王虚两日前就该休假回来了！"

骤然听闻此事，他似乎清醒了不少。

"他去了何地？"狄公问道。

"天晓得！我从不过问他的私事。学堂每隔数日放假一天，王虚一般于前一日晚饭前离府，次日晚间回府，也是在晚饭时分。我就知道这些，也只需知道这些。在下如有言语不恭之处，还请大人见谅！"

"他在贵府有多长时间了？"

"约有一年。他从长安来，拿着当地一位有名的金匠写的荐书投靠小人。刚巧我有几位小孙儿要延师进学，便聘他做了西席。据我看来，王相公少言寡语，做事体面，也很能干。"

"你知道他为何要离开长安到浦阳来过活吗？他在此地可有亲人？"

"不知道，"林醉不悦地答道，"除了孙儿们的学业外，我从不探听他的事情。"

"把你的管家叫来！"

林醉在椅上转了个身，对管家招了招手。此人正在宽敞的大厅后面转来转去。

管家走到狄公的桌旁，磕了个头。狄公对他说道：

"王相公出事了，衙门必须通知他的亲属。本县以为，你知道他家人的住所，是这样吧？"

管家惊慌地瞄了主子一眼，结结巴巴地说道：

"他，他，大人在上，据小人所知，王相公在浦阳没有亲人。"

"那学堂放假时，他都到何处去呢？"

"回大人，他从没跟我提起过。小人猜他是去会友啊什么的。"

看到狄公露出怀疑的神色，他马上补充道：

"王相公平日里话很少，不管谁问起他的家事，他总是闪烁其词，避而不答。他就喜欢一个人待着。他住在后院一个小房间里，平日无事就缩在里面。要说玩玩嘛，也就是在花园里走动走动。"

"他可曾收到过来信，或可曾给别人写过信？"

"回大人，小人都没见过。"

管家犹豫了一下，答道：

"小人偶尔听他谈起在长安的日子，听那意思，似乎他老婆惯会拈酸吃醋，好像还丢下他从家里跑了。"

他惶恐地望了主子一眼，看到林会首直视前方，一副似听非听的样子，才稍稍定了定心，接着说道：

"大人，那王相公没啥家私，也很小气，东家给的束脩几乎不花一文，放假外出时也从不坐轿。但他从前肯定很有钱，从他说话、办事时露出的那种派头，小人看得出来。小人猜他可能还做过官，因为一不留神，他就会拿出一副官老爷的腔调大刺刺地对小人吆三喝四。小人心里跟明镜似的，他花光了钱，又丢了官，人财两空。但他好像对这些都满不在乎。他曾对小人说："花钱不快活，钱财有何用；钱财空了时，乌纱有何用。"大人，恕小人斗胆直言，这样的话从他这样一位有学问的相公嘴里讲出来，也太不正经了。"

林醉盯着他，冷笑一声说道：

"看来你空闲得很哪！整日说三道四，却不去管束用人！"

"让他把话说完！"狄公对林会首喝道。转而又对管家说：

"确实没有任何迹象表明王相公放假时都去何处吗？你不会不知道吧，他出来进去怎能瞒过你的眼睛，是不是？"

管家皱着眉、苦着脸答道：

"嗯，王相公出去时眉开眼笑，回来时却愁眉不展，有时还唉声叹气的，小人也感到奇怪。但是，大人，这倒没妨碍他教书。小姐那天还说，再难的题目他眼睛一眨就答出来了。"

"方才你说王虚只教你的孙儿们念书，"狄公厉声对林醉道，"可听上去他还教着贵千金呢！"

林会首恼怒地瞪了管家一眼，舔了舔嘴唇，干脆地答道：

"是的。但小女两月前便出嫁了。"

"原来如此。"狄公从椅子上站起身来对管家说道：

"带我看看王相公的房间！"

他示意洪亮跟在后面。林醉动了动，想一道前往。狄公说道：

"林公请留步，你就不必去了。"

林府很大，管家领着狄公和洪亮穿过迷宫一样的走廊来到后院。他打开一扇小门，举起蜡烛照着这间简陋的屋子。屋内只有一张竹榻、一张朴素的书案、一把高背椅和一张竹书架，架上摆着几本书和一只黑色的皮衣箱。墙上挂着几轴画卷，上画水墨兰花，看来功底不浅。管家顺着狄公的视线望去，忙说道：

"王相公好的就是这个，大人。他喜欢兰花，侍弄兰花可是一把好手，没什么他不知道的。"

"他有没有种几盆呢？"狄公问道。

"没有，大人。小人猜他买不起，兰花价钱大着哪，大人！”

狄公点了点头。他从书架上抽出几卷卷了角的书籍，随手翻阅了一下，都是些装帧低廉的诗集，收录着浪漫的诗歌。随后他打开那只衣箱，见里面堆满了男人的衣服，虽然破旧，布料和做工却不差。箱底有个小钱箱，里面只有一些铜板。狄公走到桌旁，发现抽屉都没有锁，里面放着笔墨纸砚，却没有银钱，也没有一片写过字的纸张，连张票据也没有。他"砰"地关上抽屉，生气地问管家道：

"王相公不在时，谁进来搜过这房间？"

"求大人明察，没人来过！"管家吓破了胆，结结巴巴地答道，"王相公出去时总是把门锁起来。除了他自己那把钥匙，就只剩小人手里这把了。"

"你亲口告诉我王虚从不花一文钱，可有此事？他一年积攒下来的束脩都上哪里去了？这里只有几个铜板！"

管家大惑不解地摇着头说道：

"大人，小人真的不知！小人担保没人进来过。这些用人都在府里好多年了，府里从没丢过东西。小人所言字字是真，求大人明察！"

狄公站在桌边没动，他盯着那些画，一下一下地捋着胡须。过了一会儿，他转过身说道：

"带我二人回厅房。"

管家再次领着他们穿过曲曲折折的走廊。狄公不经意地说道：

"这地段不错啊，还很清静。"

"噢，是这样，大人，这一带不但清静，而且住的都是些头面人物。"

"只有这种体面的地方才会有供体面男女幽会的红楼，"狄公嘲笑道，"这附近有吗？"

这出其不意的一问似乎让管家愣了一下。他清了清喉咙，羞怯地说道：

"只有一处，大人，跟这里隔了两条街，主事者是康夫人。那地方很讲究，去的都是最有头脸的人物，而且从没出过打斗的事儿，大人。"

"你回得不错，本县很满意。"狄公说道。

来到厅房后，他让林员外随他回县衙，以便最后确认死者的身份。坐在狄公的大轿内，林员外一路上阴沉着脸，一声不吭。

林醉说死者确为王虚。他签字画押后，狄公便让他回去了。随后，狄公对洪亮说道：

"我得换件舒服点儿的袍子，你叫班头带两名衙役在前院候着。"

洪亮在书斋内找到了狄公，见他已换上了一件深灰色的棉布长袍，腰间系着宽宽的黑色腰带，头上戴着顶黑弁小帽。

洪亮本想问问眼下要去何处，但看到狄公一副全神贯注的神态，便把话缩了回去，默默地跟着他来到前院。

看到狄公，班头和两名衙役忙跳起来施礼。

"你们可知北城有一处妓馆，离林员外的府第不远的那处？"狄公问道。

"当然知道，大人！"班头一本正经地回道，"那是康夫人的妓馆，有官府的许可，很是讲究。大人，只有最有头脸的……"

"我知道，我知道！"狄公不耐烦地打断了他的话，"我们走过去，你和手下在前头带路。"

街上张灯结彩，人潮涌动。家家店铺和饭馆的门面都装饰着灯笼，人们正来来去去地赏灯。班头和衙役用力推搡着行人，为狄公和洪亮开路。

就连康夫人住的后街也是人头攒动。班头敲开大门，告诉守门人县令大人驾到。看门老头诚惶诚恐地引着狄公和洪亮来到前院一间奢华富丽的厅房。

一个上了年纪的女佣在桌上摆了一套精美的官窑茶碗。她打扮得很是端庄。随后，进来了一位三十左右的妇人，高个子，容貌清秀。她向狄公深深地道个万福，自称姓康，夫君已然亡故。她穿着一件深紫色的直身长袖衣裙，式样简单，衣料却是上好的锦缎。她左手优雅地扶住右手袖子上垂下的流苏，亲自为狄公斟茶。斟好茶，她谦恭地立在狄公面前，静候县令大人的吩咐。洪亮站在狄公椅后，双手交叠在宽大的袖笼中。

狄公品着香茗，注意到这里极其安静，低垂的重重帷幔将喧嚣吵闹都挡在了屋外。空气中浮动着名贵燃香浓烈的香气，的确是很讲究。他放下茶杯，开口说道：

"康夫人，我虽不赞成这行生意，但也认为缺之不可。只要你的妓馆严守官家的法度，且善待院里的姑娘，我就不会找你麻烦。告诉我，院内共有几名倌人？"

"回大人，共有八名。自然都是正正当当买来的，大都是从她们爹妈手里买的。每隔三个月，小妇人都会将账目和进项送到衙门，好让官府看看该上多少税，小妇人自信……"

"好了，本县并非为此而来。据我所知，近日有一个大主顾把此院的一个姑娘包了下来。是哪位姑娘？福气不小啊！"

康夫人虽大吃一惊，但仍恭恭敬敬地答道：

"大人，您定是误会了。院里的姑娘都年纪尚幼，最大的一个也不过十九岁，小妇人正请人教她们唱歌、跳舞。她们虽极力奉承，可没一个能抓得牢大主顾，好图个，图个长久往来。"

她顿了顿，摆出一副一本正经的神态说道：

"自然，要是做成这笔生意，小妇人就能赚一大笔钱，但小妇人才不会见钱眼开呢。姑娘们还不到二十岁，怎好昧着良心劝她们做这个。小妇人会好好看护她们，好让花儿开到最美。"

"我明白了。"狄公说道。他暗暗懊恼，这个消息可把他的精心推测给推翻了。既然判断错误，看来这案子要拖一段时间才能破，还得先到京城去找那位把王虚荐给林员外的金匠。突然，一个念头在他脑海中一闪。对，抓住这个机会。想到这里，他把面孔一板，冷冷地说道：

"康夫人，说实话吧！除了这里的八个姑娘，你还找了一个私娼。这个罪过可不小，官府没准你这样做啊！"

康夫人抬起手臂，在头发上插上一根玉簪。长长的衣袖褪了下去，露出一截嫩藕般的玉腕。

她理好云鬓，平静地答道：

"大人，您只说对了一半。小妇人猜您说的是住在邻街上的梁姑娘。她是长安城来的倡人，才貌双全，年纪约有三十岁。她艺名叫牡丹，在京城的达官贵人中很有人缘。她攒了一大笔钱，向虔婆赎了身，却没交出自己的身牌。她想安安稳稳地过日子，就跑到浦阳住上一段，顺便找个投缘的人嫁掉。大人，她很有见识，知道跟长安城里的浮浪子弟不能长久，就想嫁个家底殷实、有些身份、年纪大些的厚道男人。她只是偶尔拣几个客人到我的院里坐坐。大人定会看到，这笔账也单列了一笔，也是定期送交官府查验的。梁姑娘可是有身牌的，她的进项也交过税……"

她越说声音越低。狄公心下暗喜，这真是踏破铁鞋无觅处，得来全不费工夫。但他还是摆出一副怒不可遏的神态，以拳击桌，大声道：

"如此说来，牡丹的鳏夫主顾被骗了！根本就不必向长安的老鸨或牡丹付什么赎身费！一个铜子也不用付！快说！你和她是不是打算找个借口，从蒙在鼓里的主顾那儿骗一笔钱，再把这笔钱分掉！？"

一见这阵势，康夫人顿时慌成一团。她双膝一软，跪倒在狄公的椅前，捣蒜一样磕着头。她抬起头来哀声道：

"求求您饶了她吧，大人，她是个妇道人家，没什么见识，而且钱还没送来呢！她那主顾是个有身份的人，大人，跟您一样，也是个做官的，其实就是本州的一个县令。要是他听说这件事，他……"

她大哭起来。

狄公转过身，意味深长地看了洪亮一眼。除了他那个风流成性的同僚——金华罗县令外，还能有谁！他对康夫人吼道：

"正是罗县令请我来调查此事。说，梁姑娘住在何处？对她这桩丑事，本县要亲自审问。"

康夫人哭哭啼啼地说了梁姑娘的住处。她就住在隔壁一条街上，走过去只有短短几步路。

敲门前，班头对着大街张望了一下说道：

"大人，要是小的没记错的话，乞丐掉进去的那口井就在这房子的后面。"

"不错！"狄公夸赞道。"本县上前叩门，我和洪参军入内时，你和两名衙役紧贴墙壁，不要露了形迹。你们等在此地，听候我的招呼。"

狄公连敲数下，门开了一道缝，传来一名女子的问话：

"谁在外面？"

"罗县令有话捎给牡丹姑娘。"狄公恭恭敬敬地说道。

门应声而开。一个穿着家常薄丝白袍的小巧妇人请二人入内。她领着狄公和洪亮来到前院一个宽敞的大厅。狄公见她虽然纤弱，却凹凸有致，秾纤合度。

众人进房后，她好奇地望了两位来客一眼，便请他们在红木雕花的软榻上落座。她娇羞地说道：

"小女子便是牡丹。有幸得见二位官人，可否赐告……"

"梁姑娘，我二人不会坐太久。"狄公随即打断了她的话。他上上下下打量着牡丹，但见她高鼻深目，灵秀可人，一双杏眼深情脉脉，樱桃小口蕴蓄着无限风情。真是十分颜色十分才，更喜风流处处在。看上去倒不似狄公所想的那种女人。

他环视了一下精致的厅房，目光落在边窗前一张打磨过的高高竹架上。架子上放着一层层的兰花，种在漂亮的白瓷盆里，空气中也散发着兰花淡淡的清香。狄公指着架子说道：

"梁姑娘，罗县令曾同我谈起过你收集的兰花。我对此花也情有独钟。哟，可惜呀！你看，最上层第二盆兰花已枯萎了，要好好照料才是。姑娘能否拿下这盆花让我看看？"

她狐疑地盯了他一眼，但看得出来，她是想讨好罗县令的这位怪朋友。她从角落里拿出一架竹梯，放在架子前面。她一面脚踩竹梯轻捷地爬了上去，一面用薄薄的衣裙遮护着漂亮的双腿。她正要拿下花盆，狄公突然走近竹梯，漫不经心地说道：

"王相公把你唤作兰花，是不是，梁姑娘？兰花清雅，牡丹雍容，二者自然不是同类！"

梁姑娘一动不动地站着，瞪大的双眼里满是恐惧。

狄公看在眼里，厉声说道：

"你把花盆砸向王相公的时候，他就站在我此刻站的地方，是不是？"

她尖叫一声，险些从梯子上摔下来，双手在空中乱舞，拼命想抓个倚靠。狄公连忙扶住梯子，伸手环抱住她的纤腰，把她放在地上。她用两手按住起伏不定的胸，喘着气说道："我没有。你是谁？"

"我是浦阳县令，"狄公冷冷地答道，"你杀了王虚后，先换掉了那只破花盆，再把兰花移入新盆，这就是它枯萎的原因，是不是？"

"一派胡言！"她大叫道，"血口喷人，老娘要……"

"我有证据！"狄公打断了她的叫骂。"邻家一个仆人看见你把尸体拖进了这屋子后面的井里。我在王虚的房里找到了一张字条，上面说他怕你会杀了他，因为你现在找了个有钱的主顾，这主顾想娶你。"

"这个不守信用的狗杂种！"她喊叫道，"他指天画地发誓说不留一张有关我俩的纸片……"她猛地缩住了口，恨恨地咬着红唇。

"我什么都知道！"狄公平缓地说道。"王虚不满足七日只见一次面，但这样一来便会坏了你和罗县令的好事。这好事不但会给你和康夫人带来一大笔银子，还会使你平步青云，野鸡变凤凰。所以你就杀死了你的旧情郎。"

"情郎？"她尖叫起来，"你以为我会让那个恶心的瘸子碰我吗？以前在长安的时候，让他抱一下就够受的了。"

"可你还让他睡在你身边呢！"狄公轻蔑地说道。

"你知道他睡在哪儿吗？睡在灶间里！我才不想让他来呢，但他可以为我写情书，还买了这些兰花替我侍弄，这样我的头上才有花戴。他还可以当看门人使唤，我的相好来的时候，还能买些茶水替我招待客人。你以为我让他来还能为了什么？"

"既然他为你耗尽钱财，我想你或许……"狄公苦涩地说道。

"该死的呆子！"她又尖叫起来，"我都说了跟他一刀两断，他还是缠着我不放，说看不见我这张脸就活不下去了。真是没用的叫花子！他那滑稽的痴情把我的名声都给毁了。就是因为他，我才不得不离开京城，躲到这乏味的小地方来。我真傻，怎么会相信那个恶棍！居然留了张字条告发我！都是他害了我，臭骗子！"

她那美丽的面容此刻变得狰狞可怖。她在地板上跺着一双小脚，气得发疯。

"你错了，"狄公疲倦地说道，"王虚并没有告发你，我刚才那番话都是骗你的。除了他在想你的时候画的几张兰花外，他的房里没有任何与你有关的东西。这可怜人，直到死对你都是痴心一片！"他击了击掌，班头和两名衙役奔了进来。他命令道：

"给这女人锁上铁链，投入大牢。她已供认了她的罪行。"

两名衙役抓住妇人的手臂，班头给她戴上铁链。这时狄公说道：

"既然没有任何理由可以请求宽恕，你准备着到刑场上挨刀吧。"

他转身离去，洪亮紧随其后。女人的痛哭声淹没在一群少年的笑闹声中。他们挥舞着各色彩灯，在街上四处奔跑，如潮水般上下起伏。

回到县衙后，狄公直接把洪亮带回私宅。狄公一面向私宅走，一面说道：

"到我夫人们那里吃晚饭之前，先喝杯茶吧。"

两人在圆桌旁坐下。悬挂在屋檐下和花园树丛中的灯笼虽已熄灭，但已有一轮圆月升了起来，奇异的月光照亮了厅堂。

狄公端起茶杯，一饮而尽。他靠在椅上，不假思索地说道：

"去林府之前，我只知道那乞丐其实不是真乞丐。他后脑受到重物打击，死后被移尸井里，那重物似是花盆。这些都是通过伤口处所沾的细沙和沙砾推断得知。这之后，我与林员外交谈了一会，有一刻曾怀疑此案与他有关。他来拜访我时，对王虚的失踪只字未提，后来对王虚到底遭遇了何事也不闻不问，这就让我起了疑心。但不久我便看出林员外是那种乖张怪谲之人，对下人毫不体恤，对我粗鲁无礼则是恼恨我打搅了他的家宴。管家的一番话使我茅塞顿开，恍然大悟。那管家说王虚败光了钱财，弄得妻离子散，还提到王夫人生性善妒，这就引出了另一个女人。由此我推断，把王虚迷得失了魂的女子必是青楼名妓。"

"为何不是未出阁的闺秀或红杏出墙的良家女，又为何不是一般的娼妓？"

"若是良家妇人，王虚用不着为她散尽家财。他尽可休掉发妻，明媒正娶地把她娶进家门。若是一般的娼妓，他可以出些钱把她赎出来，金屋藏娇。这都不会让他丢官失财。

"所以，我确信王虚的情人必是长安名妓。她可以榨干他的钱财，再一脚把他踢开，然后投向另一位阔佬。据我想来，王虚不识时务，虽已被看成是嚼干了的甘蔗渣，却还是缠着不放。这便成了人家的眼中钉。不得已，她逃离长安躲到浦阳，想重起炉灶另开张。众所周知，浦阳附近住着很多富商。我推测王虚探到了她的踪迹，逼着她与他定期来往，否则便要把她的丑事都抖出来。终于，她好不容易逮到了一条大鱼，就是我那愚不可及的同僚罗大老爷。王虚乘机敲诈她，所以就被杀了。"

他叹息一声又说道："现在你我都已知道，我猜错了。王虚倾其所有来奉承她，就是那点微薄的束脩也拿出来为她侍弄兰花，可只要每七日能跟她见上一面，跟她说上几句话，他就知足了，全然不管自己在这短短的几个时辰里受了多少屈辱，失落了多少希望。有时候，洪亮，刻骨铭心而又不顾一切的激情，会让一个男人做出荒唐的蠢事，使他的爱情焕发出一种悲壮的光芒。"

洪亮捻弄着又粗又硬的灰胡子，沉思了半晌问道：

"浦阳当红的倌人不少，大人凭什么断定王虚的情人在康夫人院中，又凭什么断定杀人者是他的情人，而不是其他人，比方说，一个争风吃醋的嫖客？"

"王虚可以跛着一条腿走到牡丹的住处，说明她住的地方距林府不远。循着这条线索，我们就能找到康夫人的妓馆。我问康夫人最近有哪个倌人被客人包占，此现象最能说明杀人是为何故，即妓女要除掉旧日的相好。要知道，王虚确实令她难堪，不是因为敲诈或其他的罪恶计谋，而是因为他像狗一样为她奉献忠诚。就为这，她恨他，嫌弃他。方才你提到了另一种可能，这一点我当然也曾考虑过。但如若凶手是个男子，他就会把尸体扛到远处，并且在掩盖死者身份时也会做得更地道些。事实是，凶手只给死者换上一件破衣，打散了他的发结，弄乱了他的头发，而只有女子才会这样做。因为她们知道只要换件衣服，换个发型，就可以变个模样。梁姑娘把这方法也用在了男人身上，所以犯了个致命的错误。"

狄公端起洪亮续满的茶碗，喝了一口，接着说道：

"实际上，推断梁姑娘是凶手，也可能是个错误的结论。但宁可信其有，不可信其无。再没有比她更合适的疑凶了。当班头提起乞丐的尸首就是在她房后被发现时，我就知道我的推断正确。但是，进门后，我看到她弱不禁风，不可能击到高个子死者的后脑时，我立刻环顾四周，想寻找可以助她下手的机关。我发现这机关就在那高高的兰花架上，而架上那株枯萎的兰花便是最终的证明。她一定是踩在梯子上，或许还让王虚帮她扶着点，然后花言巧语地骗他把头转开，再端起花盆猛地砸向他的头骨。其余的细节明日我会在大堂上问她，到那时我们就什么都清楚了。至于康夫人在此案中扮演的角色嘛，我想，她只是帮着梁姑娘从罗县令那里骗取子虚乌有的赎身费罢了。这个风流的老板娘。"

洪亮点了点头："大人不仅破获了一桩凶杀案，还拯救了罗县令的名声。他差点就娶了一个心如蛇蝎的妇人。"

狄公微微一笑。"下次见到罗大人的时候，"他说道，"我会告诉他这个案子，当然，假装不知道梁姑娘的那位主顾是谁。我这位风流同僚出入鄱县时必是青衣小帽，微服私访！但愿这案子会给他一个教训。"

洪亮谨慎地闭住了嘴巴，没去评论主人的同僚。他带着一丝满意的微笑说道：

"这样的话，疑团尽释，这桩奇案已了结了。"

狄公将杯中剩茶一气饮干。他放下杯子，摇了摇头，郁郁不乐地说道：

"不，洪亮，疑团并未尽释。"

他想，把乞丐显灵的事情告诉洪亮也未尝不可。要不是冤魂不散、自来鸣冤的话，凶手就可以瞒天过海，死者也只能含冤入土了。他正要开口，却看见大儿子奔了进来。看到父亲一脸怒色，男孩马上收住脚，施礼说道：

"父亲大人在上，母亲说孩儿们可以把那只漂亮灯笼拿到睡房里去。”

一见爹点头同意，小家伙立刻把太师椅推到一根柱子旁。他踩在扶手上，踮着脚把大红的丝绸灯笼从屋檐上摘了下来。他跳下椅子，用火绒点亮里面的蜡烛，然后高举灯笼给他父亲看。

“爹爹，我和大姐姐花了两天的工夫才做成这只灯笼！”他骄傲地说道，“所以啊，不能让阿魁弄坏。我们喜欢铁拐李，他又老又丑，好可怜啊。”

狄公指着孩子们画在灯笼上的铁拐李说道：

“你听过他的故事吗？”

看到男孩摇了摇头，做父亲的接着说道：

“很早很早以前，有一个姓李的年轻术士，长得眉清目秀，是个美男子。他什么书都读过，还会施好多法术。他的魂灵可以离开肉体，在天上自由自在地飞来飞去，飞够了，就钻进躯壳，再回到地上。可是有一天，他太大意了，把躯壳留在了一片田里。几个农夫看见了，以为是没人管的死尸，就把它埋进了土里。那年轻术士的魂灵想回到地上，却怎么也找不到自己漂亮的躯壳，恰好路边有一个死去的瘸腿叫花子。没法子，他只好钻了进去，以后就变成了这副鬼样子。后来他虽然得道成仙，得以长生不老，却再也没办法补救这个过失，所以八仙里面的铁拐李就成了今天这个样子：一个拄着拐杖的死不了的叫花子。”

男孩放下灯笼，跟父亲和洪亮道了晚安，就匆匆跑开了。

狄公一脸的宠溺，微笑着望着他的背影。他拿起灯笼想吹灭里面的蜡烛，却猛然愣住了，目瞪口呆地看到，铁拐李的影子出现在粉皮墙上。他有意转动了一下灯笼，就像风吹过那样，马上又看到一个跛脚老人慢慢地移过墙壁，最后消失在花园里。

他长吁了一口气，将蜡烛吹灭，然后把灯笼放在地板上。他严肃地对洪亮说：

"洪亮，到底还是你说对了！疑团尽释，至少那已死的"乞丐"是再也不能为难你我了，他是个傻瓜。至于那死不了的乞丐嘛，我就不那么肯定了。"他站起身，带着一丝微笑补充道：

"如果以未知的事物而不是已知的事物来衡量我们的知识，我们都是目不识丁的傻瓜，全都是。洪亮，走吧，去见几位夫人吧。"

真假宝剑

这个案子也发生在浦阳。读过《铜钟奇案》一书的读者定会记得，浦阳一侧的金华县，由罗宽松罗县令主持政务；另一侧的武义县，由严厉的潘如海潘县令执掌大权。这桩血案发生时，狄公并不在浦阳。三日前，因为一桩涉及浦阳、武义两县的案子，他去武义找潘县令商议。洪亮和陶干随同前往，衙里只留下马荣和乔泰打理衙署庶务。对这两位侍卫来说，这三天可是非比寻常。就在最后一天，也就是狄公回衙的前一天晚上，案件突然发生了。

"这第四份大螃蟹你来付账！"马荣把骰子扔回盒内，笑嘻嘻地对乔泰说道。

"值这个价。"乔泰咂着嘴说道。他拿起酒杯，一饮而尽。

此刻，狄公这两位膀大腰圆的侍卫正坐在"鱼狗斋"二楼一张临窗的小桌旁。这是他俩喜欢出没的地点之一。浦阳河从北向南穿城而过，鱼狗斋就建在河道旁边，二楼是欣赏长河落日的绝佳之处，从此望去，但见红日西斜，沉沉坠于西面的城墙之后。

楼下的街市上轰然传来拍手叫好之声。马荣探头向下望去，只见岸边围着一堆人。

"是四天前来到此地的戏班子，"他说道，"一到午后就在街头表演杂耍，日头落山便搭起戏台唱古戏。"

"我知道，"乔泰说道，"米商劳二郎帮他们在老君祠租了块搭台子的地方。两天前，他到衙门来办批文，跟他一道来的还有戏班的班头。班头姓包名信，长得很是白净体面。除他之外，班子里还有他老婆包王氏、女儿婵娟和儿子张宝儿。"他又倒了一杯酒，接着说道：

"本来我想到老君祠逛逛，那些刀来剑往、捉对厮杀的武戏很对咱的胃口。可狄大人离衙公干，衙门里的事要靠咱哥儿俩撑着，岂能说走就走，四下里闲逛。"

"大哥说得对。至少咱哥俩现在的位置还是正面看台哩。"马荣知足地说道。他把椅子转了个圈，面向窗，两手交叉着放在窗台上。乔泰也学着样子面窗而坐。

楼下的街道上已铺好了一领芦席，看客们密密麻麻围着芦席站了一圈。一个八岁男童正连连翻着筋斗，身手敏捷得令人吃惊。另外两个戏子，一个是又高又瘦的男子，一个是身板结实的妇人，抱着胳膊分立在芦席左右。还有一个姑娘蹲在一只竹箱旁边，箱里显然是他们唱戏的行头。竹箱之上立着一只矮木架，架上放着两把寒光闪闪的秋水长剑，一把在上，一把在下。场中四人都穿着黑色的紧身衣和肥大的灯笼裤，腰扎红带，头缠红巾。一个穿着破旧蓝衫的老头坐在近旁的小凳上，两条瘦腿间夹着一面铜锣，正无精打采地敲着。

"真想看看那姑娘的脸蛋，"马荣眼巴巴地望着，"看，劳二郎也在，好像还惹上了麻烦！"他指着下面的一个中年男子说道。

那人头戴黑弁帽，打扮得很是光鲜。他站在竹箱之后，正跟一个身材高大、乱发上扎着一块破蓝布的泼皮争吵着什么。只见泼皮一把扭住劳二郎的衣袖，被劳二郎一掌推开。两人纠缠着，谁也没顾上看那男孩一眼。此时那男孩正以手撑地，绕着席子倒立行走，两脚间还夹着一只酒杯。

"那身材高大的泼皮我倒从未见过，"乔泰说道，"肯定不是本地人。"

"现在可以好好看看姑娘们了！"马荣咧嘴一笑。

男孩表演完毕。班头站到芦席中央，两腿分开，两膝稍稍弯曲。那壮实的妇人用右脚踩上他的膝盖，稍一用力，便灵巧地站在了他的肩膀上。班头发声喊，那姑娘也立了上去，她一只脚踩在班头的左肩，一只手抓住妇人的胳膊，另外的一只手和一条腿向外平伸，悬在半空。几乎与此同时，男孩也踩上了班头的右肩做了个相同的动作。就在这三人雀屏大开般摇摇晃晃地立在半空之际，那穿着褪色长衫的灰胡子老人猛地敲出一串急促的锣声，有如骏马驰过草原，又如春雷滚过荒野。叫好声轰然四起，不绝于耳。

男孩、妇人和那姑娘的面孔离马荣和乔泰不足十尺。乔泰兴奋地对马荣耳语道：

"看哪，那妇人的身段多美啊！长得也惹人疼！"

"我更喜欢那姑娘！"马荣热切地回应道。

"年纪太小了！那妇人有三十岁吧，正是知疼知热的好年纪，最是风情万种。"

鼓声止，妇人和她的一双儿女从包信的肩头跳了下来，四人优雅地施了个礼。那姑娘拿起一只木碗，绕着看客收起铜子来。

马荣从袖里摸出一把铜板，哗啦一声扔了下去。姑娘敏捷地接住了，回了他一个甜蜜蜜的微笑。

"真是把钱朝水里扔！"乔泰讥讽地嘲弄道。

"此乃投石问路也！"马荣自命不凡地一咧嘴，回了一句。"接下去是什么节目？"

男孩站在芦席当中，两手背在身后，抬起下巴。灰胡子又敲响了铜锣，包信捋起衣袖，露出右臂，拿起木架上层的长剑，手一扬，但见寒光一闪，剑如闪电一般深深刺进了男孩的胸膛。鲜血喷涌而出，他的父亲又一用力，把剑拔了出来，男孩子踉踉跄跄地向后退去，人群发出了一片惊恐的叫声。

"这唤作'死而复生'，我以前见过。"马荣说道，"天晓得他们怎么捣的鬼，那剑看上去跟真的一样。"他离开窗户，拿起酒杯。

在一片迷惑不解的窃窃私语中，突然响起了一声女人痛苦的尖叫。乔泰一直密切地注视着杂耍场所，此时他一跃而起，叫道："兄弟，这不是把戏，是实实在在的谋杀！快跟我来！"

两人冲下楼梯跑出酒店。他们用胳膊肘撞开纷乱的人群，挤到芦席边。男孩面朝上躺着，胸前鲜血淋漓。他的母亲跪在旁边，抚摸着那张一动不动的小小面孔，撕心裂肺地痛哭失声。包信和他的女儿都惊呆了，两人紧紧盯着那具惨不忍睹的小小尸体，面色惨白。包信手中仍拿着那把滴着鲜血的长剑。

马荣一把夺下长剑，怒声喝问：

"你这是干什么？"

那戏子从痴呆中惊醒，迷迷糊糊看着马荣，张口结舌地答道：

"不该是这把剑啊！"

"马老爷，我来说说是怎么回事吧！"米商劳二郎开口说道，"这是个意外！"

一个身材矮壮的男子走上前来，他是城西的里正。乔泰令他用芦席把尸体卷起来，送到县衙交由仵作检验。里正轻轻搀扶起哀恸的母亲，乔泰对马荣说道：

"咱俩把这些人带回酒馆，把这事解决掉！"

马荣点头同意。他把剑夹在腋下，对米商说道：

"劳掌柜，你也来吧。还有，让灰胡子带上另一把剑，也一起来。"

他抬头寻找那个与劳二郎搭话的高大泼皮，却已不见他的踪迹。

一行人上了鱼狗斋二楼。马荣让两个女子和老琴师在角落的桌子边坐下。他拿起那把酒壶，给众人斟上酒，指望酒精可以让他们镇定下来。然后他转向米商，令他说说端详。他知道这米商爱逛戏院，流浪艺人的表演他也场场不漏。那米商样貌端正，蓄着长须。此刻，他脸色苍白，面露哀戚。他正了正黑弁帽，怯生生地说道：

"马老爷，您也知道，这包信是戏班的班头，端的是文武双全。"

他顿了顿，手一挥，从桌上拿起老琴师放在那里的第二把剑。"您大概也见识过这些剑上的把戏，"他接着说道，"剑刃中空，内放猪血，剑头几寸暗藏机关，刺到物体时，剑头会滑入剑身，就像真的刺入了肌里，再加上猪血四溅，真的可以说是以假乱真。拉出剑后，剑头又会恢复原状，那是因为里面藏了一只弹簧的缘故。老爷可以自己看看！"

马荣从他手中接过长剑，只见剑头圆钝，其下几寸有一圈浅浅的沟槽。他转身向木地板刺去，只见剑头滑进剑身，鲜血喷涌而出。王氏尖叫起来，包信忙用手臂搂住她的肩膀。那姑娘却坐着没动，僵硬得像尊石像。灰胡子揪着自己蓬乱的胡须，恨恨地嘟囔着什么。

"兄弟，这一手可不漂亮！"乔泰大叫道。

"我总要证实一下吧？"马荣有些后悔地说道。他举起另一只手里的那把真剑，仔仔细细地掂量了一下两把剑的分量。"分量差不多，"他自言自语地说道，"样子也一样，危险啊！"

"假剑本来是放在木架最上层的格子里，"劳二郎说道，"真剑放在它下面。宝儿那孩子挨了一剑后，应该一跃而起，接下来他的父亲就用真剑舞弄一番。"

包信站起身，走到马荣边，沙哑着声音问道：

"是谁换的剑？"

马荣噘起嘴巴，无言以对。包信抓住他的肩膀，喊道：

"是谁，我问你？"

马荣轻轻扳开他的手指，把他按坐在椅上。"急什么，咱爷们马上就把这人揪出来。"他说道，"你确信剑没有放错吗？"

"千真万确！这个把戏我们演了有一百次，一千次！"

马荣冲楼下大喊着上酒。他一挥手，让乔泰和劳二郎跟着他走到窗前摆着的桌子旁。三人落座后，他对劳二郎耳语道：

"我和这位兄弟就是在这扇窗边。我二人看见你和一个高个子泼皮立在竹箱和剑架旁边，还有何人在你们附近？"

"我真不知道！"劳二郎皱起眉头答道，"那个高个子的泼皮本来已在我身边站了一会儿。宝儿翻筋斗时，他突然开口向我要钱。我一口回绝，他就开始威胁我，我叫他滚开，后来，后来就发生了那件事。"

"他是谁？"乔泰问道。

"我从未见过他。大概包信认识此人吧。"

乔泰站起身，问那班戏子是否认得此人，包信、王氏和女儿婵娟都摇头说不知，但那老琴师却吭哧吭哧地喘着气说道：

"老爷，小老儿认识他！他每天晚上都到老君祠看戏，却只给一个铜子！他是个无业游民，叫胡大魁。"

"你在剑架附近还看见其他人吗？"

"小老儿的一双眼睛都盯着戏台，哪有工夫看别人？"灰胡子愤愤地答道，"我只注意到了劳掌柜和胡大魁那小子，因为他俩小老儿碰巧都认识。可周围围了这许多人，密密麻麻，我哪里顾得上管他们啊？"

"我猜你也顾不上，"乔泰对灰胡子的话并不怀疑，"但也不能把这群人都抓起来。"他又转而对包信说道：

"站在芦席附近的人有没有你认识的？"

"小人在此地并无相识，"包信说道，"小人的班子到过武义和金华，却是头一次到浦阳。在这里，小人只认识劳掌柜。小人到老君祠察看搭台的场院时，他过来跟小人攀谈，还帮着小人跑前跑后地张罗。"

乔泰点了点头。包信那张坦诚、聪明的面孔不禁使他有种惺惺相惜之感。他回转身对劳二郎说道：

"你把这班戏子带回住处，告诉他们县令大人今夜回府，回府后即刻便会过问此案。叫他们明日到衙门听审，就说这是公门的规矩。县令大人退堂后便可将宝儿的尸身领回下葬。"

"乔爷，准小人也去听审吧。包班头为人厚道，他家遭此不幸，小人愿尽己所能，助他一臂之力。"

"你就是不想去也得去！"马荣讥讽地说道，"你可是个重要人证啊。"

他和乔泰站起身，劝这悲悲戚戚的一家节哀顺变。劳二郎把众人带走后，这哥儿俩又在靠窗的桌旁坐了下来，俩人闷闷地干了杯中的酒。马荣一边倒酒一边说道：

"别再出乱子了，你我二人今晚便向狄大人禀明此事。大海捞针一般，到哪里去找这凶犯。我说，连狄大人怕也要挠头哩！"

他忧心忡忡地看了自己的伙伴一眼，乔泰却没接腔，只是懒洋洋地望着店小二提着一盏大油灯走上楼来。一俟店小二下了楼，乔泰就"砰"的一声把酒杯朝桌上一放，恶狠狠地骂道：

"混账王八蛋！骗着人家的老子亲手杀了自己的儿子，还当着做娘的面！你懂吧？咱们要把这狗杂种抓起来。就是现在，就在这里！"

"小弟没意见，"马荣慢吞吞地说道，"但凶杀案可不是闹着玩的。我拿不准，要是咱俩插上一手的话，狄大人会怎么想。要知道，一着走错，满盘皆输！"

"狄大人平日怎么教咱们，咱们就怎么做呗。我看坏不了什么事。"

马荣点了点头，连珠炮似的说道：

"就这么着，小弟跟着大哥走了。祝咱哥俩手到擒来，马到成功！"

他一气饮干杯中的酒，咧嘴一笑，接着说道：

"这也是个机会，显显咱哥俩英雄了得！那些有头有脸的人物当着咱们的面，嘴巴就跟放了糖一样甜，背过身去就变了一副嘴脸，笑话你我是一对莽夫，只有一身力气，没有半点谋略。"

"这话不差，"乔泰颇有自知之明地说道，"他们没说错，毕竟，你我都不是读书人。就为这，我做梦也不敢想破一桩读书人犯下的案子。但眼下这案子就像是专为咱们准备的，牵连的人都是咱俩这类货色。"

"那还等什么，动手干吧！"马荣吼道。他把两只酒杯都倒满了酒。

"狄大人动手断案时，总是念叨着动机、时机，"乔泰摆开了架势，"咱俩手里这个案子，动机再清楚不过。因为小宝儿不可能有仇家，凶手定是恨透了包信，必欲除之而后快。"

"大哥说得对。既然包信是第一次来浦阳，那最近数日同他和戏班子接触最多的人就是杀人疑凶。"

"也可能是包信遇见了过去的仇家。"乔泰反驳道。

"要是那样的话，他早就告诉咱们了。"马荣说道。他绞尽脑汁想了一会儿，说道：

"大哥，说不定有人要害的是那孩子。这种年龄的孩子有时

157

会出人意料地出现在某个地方，因此可能看见或听见了不该知道的事情。有人想把他的嘴巴封起来，那个耍剑的把戏正是天赐良机。"

"有道理！"乔泰赞同地说道，"老天爷，这也可能，那也可能，怎么这么多可能啊！"他喝了口酒，马上皱着眉头放下杯子说道：

"一股怪味道！"

听上去吃惊不小。

"这酒就是咱俩刚才喝的酒，我吃着也觉得不大对劲！告诉你是怎么回事吧，乔大哥，人逢喜事，酒不醉人人自醉；遭逢不幸，借酒浇愁愁更愁！"

"怪不得狄大人总是喝茶呢！"乔泰愁眉苦脸地看着酒壶，然后一把抓起放到了桌子底下。他抱着胳膊说道：

"至于时机嘛，劳二郎和胡大魁都站在架子旁边，两人都有机会换剑。可是动机是什么呢？"

马荣擦了擦下巴，想了片刻答道：

"胡大魁的动机，我倒是能想出一个两个来。就是包信的老婆和女儿。天呀，连我都想和那两个美人儿亲近亲近哩！想想他们表演的叠罗汉吧！可能胡大魁看中了其中一个，或者两个他都想要，而包信呢，却让他把爪子拿开，这下可把胡大魁惹恼了，于是陡起杀心。"

"有道理。胡大魁若是个下三烂的流氓，就会用这种下三烂的手段来报复张宝儿。那劳二郎有何企图呢？"

"与他无关！那劳二郎是个道学先生，古板拘泥，就是偷吃几口荤腥，也会专找避人的窑子里的姑娘，才不敢大着胆子去找女戏子鬼混呢！"

"我也觉得胡大魁嫌疑最大，"乔泰说道，"我现在就去找他，摸摸他的底，然后再去找劳掌柜，这样才叫考虑周全。兄弟，你最好到老君祠去，再打探一下情况。要是咱们的狄大人在的话，准想把包信家几百年前的陈年往事都刨出来。"

"好，我会让那两个女人吐出真话的。在小弟看来，对付她们就如捏面团一般容易！"他轻捷地一跃而起。

"恐怕不是你想得那般容易，"乔泰一面起身一面嘲讽地说道，"记住，这两个女人是戏子！要是惹恼了她们，她们会像小野猫一样抓得你遍体鳞伤！好啦，回头衙门见吧。"

乔泰径自向城东的小酒店走去。丐帮头儿申八就坐镇在那里，享受着城中众乞儿的朝拜。

污秽不堪的酒馆里只坐了一个男人。他那巨人般的身躯斜躺在太师椅上，呼噜打得震天价响。一双桄杆般的长臂交叠着放在大肚皮上，那肚子与弥勒佛祖的大肚可有一比，破旧的衣衫根本遮不住它。

乔泰抓起他一阵猛摇。巨人身躯一震，醒了过来。他怨恨地瞪了乔泰一眼，恶狠狠地说道：

"你会把一个睡梦中的糟老头子吓死的！不过，坐下来吧，你有何贵干。"

"我有急事。老丈是不是认识一个叫胡大魁的泼皮？"

申八慢慢地摇了摇他硕大的头颅。"不认识，"他若有所思地说道，"老汉不认识此人。"

乔泰注意到老花子的眼睛里透出一丝狡诈。他不耐烦地说道：

"你可能没见过他，但肯定听说过。放老实点，你这头肥猪！有人在老君祠的场院见过他。"

"不要骂我！"中八的面孔痛苦得抽搐起来。带着对往事的迷恋，他喃喃说道：

"啊！老君祠的场院，我旧日的宫殿！兄弟啊，那过去的好风光，无忧无虑，欢歌笑语！看看我，沦落到了什么田地，亐帮头儿，为公事所累，日夜担心受累！我……"

"唯一累你的是那个大肚子，"乔泰打断了他的诉苦声，"快说！到哪里才能找到胡大魁？"

"噢，"申八顺从地说道，"既然你一定要逼迫老朽……我听说有个自称胡大魁的人经常在东城根下的一家小酒店里出没，就是从东城门向北数第五家。你听着，这只是道听途说，我……"

"在下感激不尽！"话音未落，乔泰已冲了出去。

在街上他把帽子塞进袖筒，又把头发揉得乱七八糟。没走多远，他便来到东城墙下，只见靠墙搭着一间老木屋。四周一片漆黑，很是荒凉。他四下看了一眼，便掀开帘子，钻了进去。

屋里点着一盏牛油灯，烟雾腾腾，廉价的烈酒和刺鼻的油烟味熏人欲呕。站在摇摇晃晃的竹柜后卖酒的是个两眼昏花的老人，三个衣衫褴褛的汉子正站在柜台前。胡大魁的高个子在人群中分外醒目。

乔泰站到了胡大魁的身边。三人毫不在意地看了他一眼，显然并不认识他这个官老爷。他要了一杯酒，递过来的是一只豁了边的破碗。他喝了一口，立刻呸的一声吐到地上，对着胡大魁吼道：

"马尿！人穷到一个铜板都没有的分上，连酒都会变味！"

胡大魁闻言咧嘴一笑，笑容映亮了他棕色的脸庞。乔泰想，此人看上去虽鲁莽无赖，却也不乏讨人喜欢的地方。他接着说道：

"你知道哪里能找到有油水的活计吧？"

"不，不知道。问我可是问错人了，兄弟！这几天我也撞见了鬼，一直在走霉运。七天前在武义，我本来可以从道上劫到两车大米，只要把两个车把式打昏就成。谋划得滴水不漏，就挑那密林深处的偏僻小道下手，可运道不好，到口的鸭子都飞了。"

"可能是你年纪大了，手脚不利索了！"乔泰笑道。

"闭嘴！听着，是这么回事。我刚把一个车把式打倒，一个小鬼头不知从什么地方钻了出来。他上上下下打量着我，像傻瓜一样问我：'你打他干吗？'这时我听见身后传来说话声，忙一头钻进树丛中躲了起来。我打树缝里向外张望，看见一班跑码头的戏子坐在歪歪扭扭的大车上。另一个车把式把这事告诉了这班戏子，还说我已经脚底抹油——溜了。后来，这伙人就一块走了，大米也一块走了！"

"是见鬼了！"乔泰称是，"恐怕你的坏运气还没完呢。昨天我在街上看见一个戏班在卖艺，里面有个小鬼在翻筋斗。要是这小鬼就是你七天前撞见的那个，你可要当心啊，他会认出你来的。"

"已经认出我了！而且又一次撞破了我的好事！那天我正和她姐姐待在一起。第二次！你见过比这更坏的运道吗？可这小鬼自己的运道也不好，他一命归西了！"

乔泰紧了紧腰带。说到底，这案子没什么曲折。他和气地说道：

"胡大魁，你的运道真是不好！我是县衙的公人，走，随我回去见官！"

胡大魁不干不净地叫骂起来，又冲着另外两人吼道：

"你们听见他说的话了，这个官府的走狗！把这公人打成肉酱！"

两个流民慢慢地摇了摇头。年纪大些的说道：

"兄弟，这地方不是你待的，自己的账自己结吧！"

"见你的鬼去吧！"他又转向乔泰，"你，出来，咱们一决雌雄，不是鱼死，就是网破！"

两人来到外面，摆出一副比试拳脚的架势。这情形把一个在黑暗小胡同里溜达的乞丐吓坏了，他飞也似的逃走了。

胡大魁一记"金蛇出洞"，向乔泰的下巴猛击，乔泰敏捷地侧身躲过，回了一记"倒撞金钟"，用肘部向胡大魁的面孔撞去。胡大魁头一低躲过，伸出两条猿臂抱住乔泰的腰。乔泰意识到这家伙身高与自己差不多，体重却比自己重得多，与他近身肉搏，倒是个不可小觑的对手。此刻，这家伙正拼命想把他扳倒在地。时间不长，两人都已累得气喘吁吁，但乔泰颇通四两拨千斤之道。他从胡大魁的熊臂下脱身而出，后退一步，一拳击中他左眼。胡大魁甩了甩脑袋，又吼叫着冲了上来。

乔泰有意漏了几处破绽，胡大魁却硬不上当。他使了一招"偷天换日"，向乔泰的小腹打了一拳。乔泰要是避让不及的话，就会被击倒在地。乔泰装出一副被拳风扫中的样子，踉踉跄跄地向后退去。胡大魁又使出一记"饿虎扑食"，向乔泰的下巴打去，想把乔泰彻底打翻。乔泰两手一夹，把他的拳头夹在掌心，然后迅速绕到他背后，一招"倒拔垂杨柳"把他扔了出去。只听一声惨叫，原来是泼皮的肩膀脱了臼；又听见一记闷雷般的声响，原来是泼皮倒地时头部撞到了一块石头。胡大魁就此没了声响。

乔泰折回酒馆，让沽酒的老头给他找来一条绳子，又让他叫里正带人过来。

乔泰把胡大魁的两条腿紧紧地捆在一起，然后蹲在旁边守着。里正带来了一副草草扎就的担架，众人七手八脚地把胡大魁放在担架上抬进了县衙。乔泰命狱卒把胡大魁关进牢里，又命仵作把他弄醒，再把脱臼的地方接了起来。

处理完毕，乔泰踱进文案馆。他左思右想，总觉得有一处令人费解，或许这案子一点也不简单。

与此同时，马荣也从鱼狗斋回到了县衙。他沐浴完毕，换上了一件干净漂亮的长袍，便向老君祠晃荡而去。

用竹竿支起的戏台下已聚集了一群人，两只大红的纸灯笼照得台上犹如白昼。戏已开场，看来包信并不想因为死了儿子就取消演出。两张圆桌摞在一起，权充皇帝的御座。他和妻女都穿着五彩斑斓的戏服站在"御座"前，王氏正伴着嘶哑的胡琴声咿咿呀呀地唱着。

马荣走到戏台一角，见那灰胡子一面正摇头晃脑地拉着一把只剩两根弦的胡琴，一面还用右脚敲打着一只铜钹。马荣耐心地等在一旁，直到灰胡子放下胡琴、换了一对响板时，才用胳膊肘捅了捅他。他暧昧地笑着问道：

"到哪里去找两位妹子？"

老头子向身后的一把梯子扬了扬下巴，发狠似的敲打起手中的响板来。

马荣爬上梯子，走进与戏台隔着一架竹帘的后台。这里除了一张散乱扔着些胭脂香粉的廉价妆台外，就只有一只矮凳。

看客们直着喉咙叫起好来，看来这场戏结束了。肮脏的蓝布帘子一挑，婵娟走了进来。

她身穿湖绿衣裙，裙上镶着铜片，闪闪发亮；头上戴着珠冠，冠上插满了五颜六色的纸花，两条油亮乌黑的发辫从鬓角垂下。从这身打扮来看，演的是位公主。她虽涂着厚厚的铅粉，几乎分辨不出五官，但在马荣眼中却仍是楚楚动人。她飞快地瞟了马荣一眼，便坐在了矮凳上。她凑近水银镜子，细细检查了一下描过的眉毛，懒懒地问道：

"有什么消息吗？"

"在下来此并无要事！"马荣春风满面地说道，"只是想跟姐姐这般美艳的姑娘说几句话！"

她转过头，不屑地看了他一眼。"你要是以为这样就可以占我便宜的话，"她尖叫道，"趁早死了这条心吧！"

"我只是想跟你谈谈你的爹娘！"婵娟兜头一盆冷水泼来，

"我是金枝玉叶的公主，这玩笑开得不错吧！"（高罗佩 绘）

马荣措手不及。

"爹娘？你是说我娘吧！噢，只要有钱，她跟谁都可以上床，连个拉皮条的都不要！"

她猛地用手捂住脸，埋头痛哭了起来。马荣小心翼翼地挨近她，拍拍她的背说道：

"莫要哭了！你家兄弟惨遭不幸，自然……"

"他才不是我弟弟呢！"她打断了他的话，"这样的日子，我再也过不下去了！我娘是个婊子，我爹是个傻子，就知道一味地宠她。你知道我现在演的是谁吗？是金枝玉叶的公主，我爹是君临天下的皇上，我娘是母仪四方的皇后！这玩笑开得不错吧？"她气恼地摇着头，又慌忙抓起一只粉扑往脸上补妆。稍稍平静了一些，她接着说道：

"想想看，我娘半年前把这小崽子带回来，青天白日的，忽地一下钻出个大孩子。她轻描淡写地跟我爹说，八年前她不慎失了身，这些年来一直是那个弄脏她身子的男人在照看孩子，后来那男人说没办法再养下去了。这样，我爹就把孩子收留了下来，他总这样……"她咬着嘴唇。

"依你看来，"马荣问道，"今天是谁设下毒计陷害你爹？比方说，他是不是在这里碰到了以前的仇家？"

"大爷怎么这么肯定是有人做了手脚？"她不客气地说道，"也可能是我爹一时糊涂，是不是？你知道，那两把剑看起来一模一样。不然的话，这戏也没办法演了。"

"可你爹一口咬定有人做了手脚。"马荣说道。

她猛地一跺脚，嚷道：

"过的是什么日子啊！我恨透了！谢天谢地，我快要熬出头了。我盼啊盼，总算有个体面的人愿意给我爹一大笔彩礼，娶我作妾。"

"你不是不知道，为妾的日子也不一定好过。"

"我不会一直为妾的，大哥！他老婆生了重病，大夫说她熬不过一年。"

"哪个儿郎有如此艳福？"

她犹豫了半晌答道：

"既然你是衙门里的公人，告诉你也无妨。可你千万不要声张，好不好？就是那开米店的劳二郎。他最近买卖不太顺手，所以要等到拿得出像样的彩礼时才向我爹求亲。他岁数是比我大一些，人又有些古板，可我对那些浮浪子弟厌倦了，看到他们我就恶心。他们只想跟你睡觉，睡过了，就两脚一蹬，跳到别家浪去了！"

"你是怎么认识劳二郎的？"

"就在来浦阳的那天，他帮我爹租下了这块场子。他对我一见倾心，他……"

她下面的话淹没在一片震耳欲聋的喝彩声里。婵娟跳下矮凳，整了整衣裙，匆匆忙忙地说道：

"我得上台了！大爷好走！"

她消失在布帘之后。

马荣发现老友独坐在阒无人迹的文案馆里。听到脚步声，乔泰抬起头说道：

"兄弟，看来这案子已经破了！我抓住了一个疑凶，现正关押在大牢里。"

"好啊！"马荣拉出一张椅子坐下，听乔泰叙述了一番夜里的历险。然后他把自己和婵娟会面的情况也讲述了一遍。"根据你我探得的情况，"他总结道，"这婵娟一面跟忠心耿耿的劳二郎暗通款曲，一面又忙里偷闲地与胡大魁尽了一夕之欢。依我看来，只是一时高兴，逢场作戏而已。你还有什么不放心的？"

"方才我忘了告诉你，"乔泰慢悠悠地答道，"胡大魁不想束手就擒，我只好跟他比试了一番拳脚。这小子出拳干净利落，几乎没什么破绽可寻。我能想见，他在盛怒之下会扭断张宝儿的脖子。就因为那孩子窥破了他和婵娟的好事。可是，我想不通他会做出换剑这般卑鄙下流的勾当。不，兄弟，这可不是他的为人，我告诉你！"

"有些人可以有好几种个性，而且是在同一时间。"马荣耸耸肩说道，"走，去看看那杂种怎么样了。"

二人起身离座，来到大堂后的大牢。乔泰命狱卒把书吏叫来，他既能在审讯时充当人证，又可以记录当时的情形。

牢房又小又黑，胡大魁坐在牢房里的一张竹榻上，手脚都被铁链绑在墙上。乔泰举起火烛，胡大魁抬头望见是他，便暴叫道：

"我虽耻于言败，但你那招'倒拔垂杨柳'使得确实漂亮！"

"不劳你费心叫好！你拦路抢劫，还不给我从头至尾地招来！"

"有什么不敢招的！你对我除了骂，就是打。我只不过打倒了一个车夫，那米袋子我碰都没碰。"

"那两车米你打算怎么脱手？"马荣好奇地问道。"不骗过米行的话，这么多米怎么卖得出去。"

"卖个鸟！"胡大魁咧嘴一笑，"我只要把米袋子往河里一扔就成了，全都扔掉！"看见乔、马二人惊得目瞪口呆，他补充道：

"那些米都发霉了。卖米的人要把它偷回去，这样损失就由米行来赔。既然这事被我搞砸了，米也就如期送到，那米商只好把到手的钱再退了回去。要倒霉大家一起倒。不管怎么说，我为这事惹了麻烦，那家伙还是应该给我一两银子。可我去找他要钱的时候，他却捂紧腰包，一文不给。"

"此人是谁？"乔泰问道。

"就是贵县的一个米商，叫劳二郎。"

乔泰困惑地看了马荣一眼。后者问道："你怎么会认识他？你不是住在武义吗？"

"我们俩可是老朋友喽！我认识他有好多年了，他过一段日子就会到武义来一趟。这家伙是只老狐狸，时刻想着耍点鬼花招。他虽小气，却在武义养了一房外室，偏偏这外室跟我的相好是闺中密友，这样我就认识他了。有些人的口味很怪，我喜欢小野猫，劳二郎却喜欢半老徐娘。我的相好告诉我，他还跟她生了一个儿子。也许这徐娘八年前是个美人吧，鬼才知道！"

"说到相好，"马荣说道，"你是怎么把婵娟弄到手的？"

"不费吹灰之力！那晚他们第一次登台唱戏，我凑巧看到了她，对她是一见钟情。当晚我就试探着跟她搭讪了几句，第二天又去，就这样慢慢就熟起来了，可一直没有弄到手！昨天晚上，我又去引逗她，当时我正等着劳二郎送银子来，闲得无聊。戏散场时，已是更深夜静，她看上去很累，脾气不小，像长了刺一样扎人。我求她陪我玩玩，不想她却答应了：'好吧。可你得卖力点，因为这是我最后一次跟别的男人上床了！'于是我们溜进场子里的一个僻静角落。那里有一处空房。我俩正要行那鱼水之欢，突然张宝儿冒了出来，来找他姐姐。我叫他滚开，他倒是乖乖地跑了，我却稀里哗啦败下阵来。不知道是受了惊扰，还是缺乏练习，反正是草草收兵。那姑娘就像一朵红玫瑰，看着美艳动人，采到手却成了纸花一朵，或者更糟，简直就是一摊蚊子血。两位也是个中老手，这道理不会不知。不过采这朵花没费我半个铜子，也就没什么可抱怨的了！"

"我看见你在街上和劳二郎争执。"乔泰说道，"你二人离那剑架很近，你有没有看见谁摆弄过那些剑？"

胡大魁蹙起眉头想了一会儿，摇头答道：

"大爷，我既要留意不让劳二郎那杂种溜掉，又不能忘情于两位美人的妙影。小宝翻跟头之前，婵娟就端端正正地站在我前面。我只要一伸手，就能捏捏她的屁股。可是她沉着脸，冷若冰霜，我只好去和她娘亲近，她娘正好过来挪动竹箱。没想到她娘回过头恶狠狠地瞪了我一眼。就这么一分神，险些让劳二郎溜走。我连忙拽住他的袖子，把他拖回来。他还差点被箱子绊了个嘴啃泥。谁都有机会把架子上那两把刀调个个儿。"

"也有你的份！"马荣冷冷地说道。

只听见哗啦一声，胡大魁跳起身欲扑向马荣，却被铁链牢牢地锁住。他颓然坐在地上，发出一声痛苦地号叫。"所以你来抓我了，狗杂种！"他叫道，"想把这罪名安在我头上，啊？奸诈小人……"他望着乔泰大喊大叫：

"老爷，你可不能冤枉无辜啊！小人对天起誓，我从没杀过人。没错，我是打伤过人，可也就是打伤而已。杀一个小孩，这种伤天害理的事我……"

"再好好想想！"马荣大喝一声说道，"你就是不招，我们也有办法查个水落石出！"

"见你的鬼去吧！"胡大魁叫道。

回到文案馆，马荣和乔泰在后墙一张大书案边并肩坐下，书吏坐在他们对面，手边燃着一支蜡烛。兄弟二人愁眉苦脸地看着书吏从抽屉里拿出几张白纸，蘸饱了墨汁，静候他们俩开口。两人为难了半晌，马荣只得说道：

"对，小弟同意大哥的分析，这案子可能不是胡大魁做下的。可这杂种也脱不了干系。就因为他在里面搅来搅去，这案子才乱得像团麻。"

乔泰闷闷不乐地点着头。"劳二郎看上去像个至诚君子，骨子里却是个卑鄙小人，色中饿鬼。他先在武义养个外室，现在又向婵娟姑娘伸出了魔爪。虽说婵娟不是什么贞洁烈女，可也称得上是一朵水灵灵的鲜花。他要是向小宝下了毒手，或竟迁怒于包信，真是天理难容。我们迟早要把他投进大牢的。至于胡大魁的口供，狄大人会跟他核实的。"

"为何不让班头把包信一家，还有那灰胡子琴师一道拘来此地？这样的话，一干人证俱在，也省得狄大人再去提人。明日一早，他升堂之后就能立即过问此事，早日具结此案。"

"好主意。"

马荣回来时，老书吏已做好了笔录。他对乔、马二人大声宣读了一遍，二人点头认可。乔泰说道：

"老人家，既然你笔杆子耍得这么熟练，不如再替我二人草拟一份呈子！"

书吏顺从地抽出一张白纸。马荣斜靠在太师椅上，把帽子向脑后一推，开始口述案件经过。他从鱼狗斋目睹血案开始讲起，乔泰也把抓捕胡大魁的经过陈述了一遍。这活计甚是累人。他们知道，狄公虽不喜赘述，却要求细节点滴不漏。等到二人终于陈述完毕时，已是汗流满面。

二人见到狄公时，已是子夜时分。狄公走进文案馆，尚未来得及更衣，仍穿着旅行时的褐色长袍。他风尘仆仆，忧形于色。三人忙跳起身来施礼，狄公厉声问道：

"这是怎么回事？下轿时，班头禀报说有两人被你们当作疑凶关在牢中，还有四个人证被拘押在此！"

"大人，是这么回事，"马荣小心翼翼地回道，"有个男童被人杀了，手段极为卑鄙下流。我和乔大哥稍稍查了查，经过都写在这纸上了。开始……"

"到我的书斋去！"狄公硬生生打断了他的话，"带上所有文案！"

他命书吏把一大壶茶送到书斋，然后走出文案馆，两个侍卫连忙跟在他身后。

狄公在书案后的太师椅上坐下，说道：

"武义之行颇为顺利。潘大人雷厉风行，与之共事甚为愉快。因为还有些后事未了，洪亮与陶干要到后日方可回衙。"

说完，他喝了口热茶，朝椅背上一靠，翻看起文案来。

马荣和乔泰在书案前的矮凳上坐下，他们的脊梁骨挺得发僵，喉咙也渴得冒烟，可这一切都被他们抛在了脑后。二人眼巴巴地看着狄公，心里便如打翻了十五个吊桶，七上八下。

狄公先是皱紧了两道浓眉，但读着读着，眉头便慢慢舒展开来。看完最后一页，他又回过头重读了几个章节，又命二人逐字重复了其中一些对话。他把文案向书案上一扔，直起了腰身，一丝微笑慢慢从他嘴角荡漾开来。他说道：

"可喜可贺！两位公人老爷当记大功一件。你们不孚本县厚望，将日常庶务打理得井井有条，而今又不需本县吩咐，独立办案，可见长进了。此二人当抓，绝对当抓。"

两位侍卫大喜过望，笑得嘴都合不拢了。马荣一把抓起茶壶，利索地给自己和乔泰倒了杯茶。

"现在，"狄公接着说道，"来看看我们目前的处境。首先，并无充足的证据证明此案系预谋杀人。一来包信行事匆忙，演罢杂耍，他还要赶回老君祠唱戏；二来当时天已昏黑，很有可能是他大意之下将真剑置于剑架上层。不错，他声称有人在剑上做了手脚，但也有可能是害怕遭到官府的申斥，责他失于检点，连累儿子失了性命。在这些浪迹四方的江湖艺人眼里，官府便如虎狼一般，令他们心怀畏惧。"狄公顿了顿，捋着三尺美髯说道：

"从你们收集的这些与本案有关的细节看来，涉案的几人中有一些出于不同的原因，可能会将真假两剑调换位置。包信也是其中之一。"

"包信为什么要杀那孩子呢？"马荣叫了起来。

"为了报复他那不贞的妻子和她的奸夫——米商劳二郎。"

两位侍卫吓了一跳，刚想问个究竟，狄公却把手一扬，让他们且慢发问。他继续说道：

"劳二郎在武义的外室为他养了一房儿子，也就是王氏那来历不明的八岁男童，二位对此不会有异议吧？劳二郎性喜看戏，据我想来，他与王氏相识在武义，当时戏班正在当地演戏。孩子出生后，两人便将孩子寄养在幽会之所——老妪家中。八年后，王氏决定领回宝儿，这就意味着她不得不向夫君坦白往日的不贞。婵娟说她父亲对此泰然处之，然则貌似泰然，实则心怀怨恨。今天，他看见劳二郎就站在剑架之旁，便心生一计，既可借机报复不贞的妻子，又可除去奸夫淫妇之子，还能让劳二郎身受牢狱之灾，可谓一箭三雕。而劳二郎也大有嫌疑。"

马荣和乔泰又吃了一惊。狄公却再次把手一扬，他俩只好把满腹的问题又咽了回去。狄公接着说道：

"劳二郎既有下手的机会，又熟知戏班的各类机关，正好可以利用机关下手。他动机不少，首先，可能是害怕被敲诈。劳二郎殷勤相助，大概想与王氏重温旧梦，但包氏夫妇却乘机勒索，宝儿便是劳二郎在武义蓄养外室的活生生证据。他将两剑上下一换，不仅毁掉了这个证据，也堵住了包信的嘴。他甚至可以威胁包信说，你因妒生恨，将奸夫的儿子一剑刺死。

"接下来，我们看看王氏。其女婵娟的一席话使马荣相信，王氏轻薄浮浪，人尽可夫，形如娼妓。这种女人最是阴晴不定，心思难以捉摸。她看到曾与自己有过云雨之欢的劳二郎已将爱意移到女儿的身上，便将宝儿杀死，以报复劳二郎的薄情。但是，对于婵娟的这番话，我们也不可太过相信。她称母亲为婊子、父亲为呆子，诋毁爹娘，并无一丝犹豫，自己却在与劳二郎订结终身的前夜与一个游民交欢，恬不知耻。我等必须查明，婵娟是否知道劳二郎曾与其母亲有过首尾。"

他顿了顿，若有所思地望着两名侍卫说道：

"要知道，我只是将各种可能一一罗列。只有对案中人的爱恨缠绵再多做一些了解，才能离真相更进一步。"

狄公又拿起文案，一页一页翻阅起来，还不时停下来细细琢磨。最后他放下文案，深思着说道：

"我等必须记住，这些浪迹天涯的梨园子弟生活在两个截然不同的世界里。登上戏台，他们俨然是前朝的英雄俊杰、烈女佳人；下了戏台，却成了一贫如洗的卑微贱民，每日所得仅能勉强糊口而已。天上人间，两种生活，焉能不扭曲他们的性格。"

狄公黯然无语。他喝了口茶，然后捋着长须，沉浸在深深的思索中。

"大人也认为胡大魁是清白的吗？"乔泰问道。

"不，至少目前不是。胡大魁敢做敢当，颇受二位青睐，此乃事实。从我所掌握的情况来看，你们对他的判断应无偏差。话虽如此，但对这些居无定所的强徒，倒不能按常人之心加以揣度。胡大魁四处宣扬，正是因为婵娟的索然无味才使他一败涂地。此外，他还提到了小宝儿的惊扰。但事实可能是，胡大魁自己出了岔子。或许他害怕从此难振雄风，便因恐惧而使他对宝儿恨之入骨。在狱中，他对两位前来审问他的官差滔滔不绝地谈论起自己的风流韵事，在我看来，真乃咄咄怪事。这使我疑心他只能靠谈论它来减轻这种恐惧。由于胡大魁曾与老琴师交谈过数次，对剑的机关也会有所了解。但另一方面，这种夸夸其谈也可能只是一种炫耀罢了。"

狄公站起身，飞快地补充道：

"现在本县要见识一下这几位案中人。此地太小了，容不下这许多人。传我的话，让班头将一干人证带至大厅，再让录事带两位书吏到场，这样审讯的始末便可妥善记录在案了。你二人在此料理，本县沐浴后即刻前来。"

大厅宽敞明亮，壁上挂着烛灯，当中的书案上放着两个巨大的银烛台，映得满室粲然生辉。书案前放着一溜椅子，上面坐着包信、其妻王氏、其女婵娟和年迈的琴师。胡大魁站在左边，劳二郎站在右边，身旁各有两名衙役挟持。录事和两个书吏则围坐在一张较小的圆桌旁。戏子和狱中囚犯彼此没有交流，每人都直勾勾地瞪着前面，房中如死一般的寂静。

猛然间，两扇大门被班头推开了。狄公步入厅内，身后跟随着马荣、乔泰两位侍卫。只见他身穿朴素的深灰色长衫，头戴小小的黑弁帽。房中众人忙立起身来，深施一礼。狄公走向书案，在精雕细刻的檀木太师椅上稳稳坐下，两名侍卫分立在书案两侧。

狄公抬眼扫视了一下两名犯人——铁青着脸的胡大魁和干干净净、一尘不染的劳二郎。他暗暗点头，心想两名侍卫果然没有说错。他又看了看三个戏子，依然不发一言。这三人都面色苍白，神情疲倦。再过片刻，他就要在他们心中掀起滔天巨浪，念及此，心中不免萌生恻隐之心。他叹息一声，清了清喉咙，缓缓说道：

"在讯问这两名犯人之前，本县想知道，你们与这死去的男孩都有什么样的血亲关系。"

他直视着王氏，说道：

"包王氏，据本县所知，宝儿是你与奸夫所生，可有此事？"

"有，大人。"她答道，听上去似已心力交瘁。

"你为何时隔八年才将他领回？"

"一来小妇人有些犹豫，不知道该不该告诉丈夫；二来这孩子的亲爹答应把他抚养成人。大人，曾有一时，小妇人自以为爱上了那个男人。为了他，我抛下丈夫，离家出走有一年多。他对小妇人说，他家那黄脸婆已病入膏肓，等她一死就娶我过门。可是小妇人后来才认清了他的真面目，于是斩断情丝，不再同他往来。小妇人再见到他时，已是六年之后。那时戏班正在长安演戏。他想跟小妇人重续旧好，被小妇人一口回绝。他便说，既如此，我为何还要替你养那孩子。小妇人只得把这段孽情向我的夫君和盘托出。"

她深情地看了一眼身边的男人，接着说道：

"他是那样体贴温存，没有责怪过小妇人一句。他说戏班正需要一个男孩，他会把他培养成一个伶伶俐俐的杂耍高手。他正是这样做的！我们是戏子，人家从不正眼儿看我们，大人，可我和夫君却以演戏为荣。我家夫君将这孩子视如己出，他……"

她咬了咬抽搐的下唇。静了片刻，狄公问道：

"你有没有告诉丈夫谁是你的情郎？"

"没有，大人。虽说他待我有如禽兽，小妇人却看不出有何理由要败坏他的名声。就是现在，也是这样想的。我家夫君也从未向我问起过。"

"本县明白了。"狄公说道。王氏一番直言不讳的剖白顿使案情柳暗花明。凶手和凶手的动机已是一目了然。正如马荣一开始就料到的，凶手杀人是为了灭口。但此后，当案情日益明朗之际，他却把这点丢到了脑后。狄公捻弄着上唇的胡须，懊恼地想道，尽管他知道是谁调换的宝剑，可却拿不出丝毫证据来证明他的罪行。若是今天放过他，则良机难再，后悔晚矣，必须趁凶手细想包夫人那番话之前就让他招供。就是现在，就在这里。想到此处，他喝令班头道：

"带劳二郎！"

劳掌柜被带到了书案前。狄公厉声斥道：

"劳二郎，在浦阳你苦心经营，把自己装扮成童叟无欺的商贾，洁身自好的君子；而在武义，你却欺哄米行，私养外室。你的斑斑劣迹，尽在本县掌握之中。你到底做了何种恶事，胡大魁会替你一一道来。以本县之意，你倒是从实招来的好！快讲，八年前与包王氏勾搭成奸的人是不是你？"

"是小人，"劳二郎颤抖着声音答道，"求大人……"

婵娟从喉咙眼里发出了一声痛苦的嘶鸣。她站起身，握紧双拳，瞪着劳二郎，瞪大的两眼似要喷出火来。劳二郎不由后退了一步，嗫嚅着双唇不知所云。突听婵娟狂叫一声，喊道：

"你这个肮脏小人！我真是糊涂油蒙了心，竟会听信你的鬼话！老天爷啊，你罚我下地狱吧！你对我娘也耍了这套把戏，啊？我真傻，怕那小鬼头会告诉你我和胡大魁私下相会的事，就把那把真剑放在了上面！我还要杀你呢，你……"

劳二郎身如筛糠，抖成一团。她扬起尖尖十指，向劳二郎扑去。两名衙役急忙上前扭住了她的双臂。她连踢带叫，活像一只野猫。狄公长叹一声，望着衙役把她押了下去。

她的双亲不相信似的望着她，随后当娘的失声痛哭起来。

狄公用指节在桌上敲了敲，说道：

"明日本县要在大堂之上鞫审包氏婵娟，听其将作案始末细细供来。至于你，劳二郎，本县要严肃追究你以往的劣迹，不把你关个十年八载绝不罢休。胡大魁，本县判你刺配北疆，在军中服苦役一年。你所值几何，到彼处一试便知。再者，日后还可望编入军中，做个正经兵卒。"

他转向班头，补充道：

"把这两名犯人押回大牢。"

王氏已止住了哭泣。此刻她双目低垂，一动不动地呆呆坐着。包信焦虑地望着她，一张喜怒分明的脸上，皱纹又加深了几分。狄公默然无语，静默地望着这对夫妇。过了一阵，他柔声说道：

"艰难时世，命运多舛。你们的女儿忍受不了这份困苦，让本应是天真烂漫的姑娘，却变成蛇蝎一般的心肠。这意味着一天之内，你们接连失去了两个子女。但岁月流逝，终将医治你们的创伤。你二人尚在中年，伉俪情深，对这戏曲行当又挚爱不渝。这双重眷恋，必将是你们终生的支柱。未来的岁月看似漆黑一片，但是记住，即使在最黑暗的时刻，也会有黎明的曙光。"

　　二人听罢，站起身深施一礼，相偕离去。

太子棺奇案

【短篇小说】

本篇故事发生在兰坊——大唐帝国西北边陲的塞外孤城，是狄公第四次出任县令的地方。他一到兰坊便遇到了重重困难，详见《迷宫奇案》一书。672年的冬天，就在狄公出任兰坊县令两年后，大唐的安全受到了严重的威胁。本篇讲述狄公如何一夜连解两大难题，如何救国于危难之中。第一道难题关系着国家的命运，第二道难题则关系着两个平民百姓的命运。

一踏入酒店顶楼的雅室，狄公便知道这筵宴将被凄风苦雨所笼罩。两支巨大的枝型蜡烛灯照亮了满室雕龙画凤、古色古香的家具；空旷的房间里只烧了一只小火盆，盆内只有两三块炭在半死不活地燃着。单薄的绣花丝绸窗帘挡不住袭人的寒风，冷风阵阵，不禁让人想起西部边陲绵延数千里的茫茫雪原。

圆桌旁坐着一个孤寂的男子，看上去既消瘦又苍老。他就是偏远边城大石口的县令匡正。在他身后，立着两位姑娘。见留着大胡子的客人进来，她们只是无精打采地看了一眼。

一见是狄公，匡县令忙站起身迎了上来。

"安排草率，望狄兄千万海涵！"他苦笑了一下，"我本来还请了两位将军和两位会首，但两位将军突然被赵元帅召入府内，两位会首也临时被军需大人唤去。事出无奈，在下也是措手不及……"他抬起双臂，一副无可奈何的模样。

"此言差矣，关键是我能听到你的教诲！"狄公彬彬有礼地说道。

主人把他引到桌旁，叫身后的两位姑娘快来见过狄县令，并说左边这位叫玫瑰，右边那个叫茉莉。两人都穿着俗艳的衣裙，戴着廉价的首饰。本来，席上侍宴的应该是曼妙风雅的上厅行首，而不是这两位三流粉头。但狄公知道，大石口所有的官妓都为赵元帅麾下的大将留着，以备他们一时之需。茉莉为狄公斟上了酒，匡县令举起自己的酒杯说道：

"兰坊与鄙县是近邻，'鸡犬之声相闻'。狄大人又是我的同僚，我今日特备薄酒，为年兄接风洗尘。来呀，祝我大唐天军旗开得胜，马到成功，干杯！"

"祝天军旗开得胜，马到成功！"狄公说着，将杯中酒一饮而尽。

楼下的街道上传来了辘辘车声，那是包着铁甲的车轮碾过冰冻的路面。

"必是我军正开往前线，反击的时刻终于到了。"狄公满腔喜悦地说道。

匡正侧耳听了一会儿，摇了摇头。"不是，"他简短地说道，"走得这么慢，定是刚从战场上退下来的。"

狄公站起身，拉开窗帘，打开了窗子，只觉一股冷风迎面扑来。在妖异的月光下，他看到下面的街市上正行进着一列长长的车队，拉车的马匹疲惫不堪。车上拥挤着受伤的士兵，还堆满了用帆布遮盖着的尸体。他连忙关上窗子。

"请，我们吃我们的！"匡正用筷子指点着桌上的银盘银碗说道。盘子里只装了一点腌咸菜、几片腊肉和一些煮豆子。

"装在银器里的狗食——正是当前形势的写照！"匡正苦涩地说道，"战争爆发前，鄜县物产丰富，应有尽有，现在却食品匮乏。要是不尽快扭转战局的话，饥荒就在眼前。"

狄公刚想开口安慰他，却慌忙掩住了嘴。伴随着一阵剧烈的咳嗽声，他那高大的身躯晃动不已。他的同僚担忧地望着他，问道：

"肺病已传到了你那一县了吗？"

等到咳嗽稍平，狄公才拿起酒杯一饮而尽。他声粗气喘地答道：

"只发现了少数几例，都称不上严重，就像我这样。"

"年兄真是吉星高照，"匡正淡淡地说道，"在我这一县，染病的人一两天之内就开始咯血，咳着咳着就凄惨地死去了。阁下的住处还舒适吗？但愿如此。"他焦急地补充道。

"噢，还不错。我在城内最大的客栈要了一间上房。"狄公答道。事实上他不得不与三位军官合住在一间四面漏风的小阁楼里。狄公不愿再让主人心生愧疚，遂对自己的窘境绝口不提。匡正本应将狄公安置在自己的官邸，但他的官邸已被官军征用，一家老小也被迫迁往一幢摇摇欲倒的陋室。怪哉！天下太平时，县令是一县之长，权倾一方，威仪赫赫，可是现在却不得不屈尊于官军之下了。"明日一早我便动身回兰坊，"狄公接着说道，"衙门里还有许多公事亟待处理，我那一县的粮食储备也不多了。"

匡正忧心忡忡地点了点头，问道：

"赵元帅召你前来所为何事？兰坊到此地要走整整两日，路也着实难走。"

"兰坊与回纥部仅有一条界河相隔，"狄公答道，"赵元帅想知道回纥部与鞑靼是否有可能联手叛乱。我告诉他……"

他缩住了口，目光疑惑地望向两个姑娘——鞑靼的细作可是无孔不入啊。

"她们不碍事。"匡正立刻说道。

"那好。我禀报元帅，回纥部最多只能投入两千人的兵力。此外，就在鞑靼使者抵达回纥可汗营地，请求可汗与鞑靼合力之前，可汗已策马深入广漠腹地狩猎去了。那回纥部的可汗智慧睿智，他最疼爱的公子又被软禁在长安，投鼠也需忌器。"

"两千兵马，杯水车薪，不足为虑。"匡正说道，"可鞑靼三十万大军压境，随时都有挥师来犯的可能。可恨啊，可恨！鞑靼军攻势凌厉，大唐边境的守军一击即溃。赵元帅麾下有二十万大军，不知反击敌寇，只知空喊杀敌，坐以待毙。"

两人相对无言。默然了半晌，姑娘们又为他们斟满了美酒。他俩吃光了豆子和咸菜。匡县令抬起头不耐烦地向玫瑰问道：

"米饭怎么还未上？"

"回大人，店小二说一粒米也没有了。"玫瑰回道。

"一派胡言！"匡县令大怒。他站起身对狄公说道：

"请年兄稍坐片刻，我亲自去料理此事！"

他带着玫瑰下楼去了。另一个姑娘娇滴滴地对狄公说道：

"大人，小女子有一事相求，求大人襄助。"

狄公抬头看了看她，见她芳龄在二十上下，并非毫无动人之处，只是脸色枯黄，颧骨高耸，虽涂着厚厚一层脂粉，也难掩憔悴之态。她的眼睛大得有些不自然，并且红得发亮。

"你有何事？"他问道。

"我想我是病了，大人。要是您走得早的话，求您带着我一块走。小女子只要一缓过劲来，定会以身相报。"

他见她非常虚弱，双腿止不住地颤抖着。"本县允你就是，"他答道，"不过把你送回家后，我便回下榻处歇息。"他微微一笑，接下去说道：

"要知道，本县自己的身子也有病啊。"

她满含感激地看了狄公一眼。

匡县令和玫瑰回来了。匡正歉疚地对狄公说道：

"狄兄，请恕在下失礼。我去看过了，确实一粒米也没有。"

"阁下不必多虑，"狄公说道，"今日相见，谈笑甚欢，茉莉姑娘也惹人喜爱。在下想告退了，大人不会怪我差了礼数吧？"

匡正连称时候尚早，但明眼人一看便知，他自己也认为这是下台阶的最好办法。他引着狄公走下楼梯，和他在大厅里长揖作别。茉莉伺候着狄公穿上皮裘，二人双双迈出酒店来到寒冷的街上。街上没有轿子，就算有可意的人儿和雪亮的铜钱也雇不到轿子，因为所有的轿夫都被官军征去做民夫了。

装着死者、伤者的大车仍沿着街衢缓缓移动。狄公和他的同伴常常不得不紧贴墙壁为车马让路。马上的兵士驱着疲惫的坐骑，连声叫骂。

在一条狭窄的小巷，茉莉领着狄公来到一间小小的茅屋前。茅屋斜靠着一座高大漆黑的货栈，门扉开裂，两旁各种着一棵气息奄奄的松树，树枝被厚厚的积雪压弯了许多。

狄公从袖中掏出一两银子，递给茉莉，说道：

"就此别过，我要回客栈去了……"

他突然剧烈地咳了起来，咳得连话都说不出来。

"进来歇歇，至少也得喝杯热的东西，"她不容狄公推辞地说道，"这个样子怎么还能再到处乱跑。"她打开门，拽住狄公的衣袖把他拖了进去。狄公还在不停地咳嗽着。

进屋后，她脱掉狄公的皮裘，把他安顿在摇摇晃晃的茶桌边的竹椅上。直到这时，狄公的咳嗽才慢慢停了下来。房间虽然又小又黑，却很暖和。屋角的铜盆里堆满了烧得发红的煤块。她见狄公一脸的诧异，于是嘴角一撇，冷笑着说道：

"这就是现在当妓女的好处。我们弄到了好多煤，都是官军的配给。那是伺候那帮能征善战的勇士所换来的！"

她拿起一根蜡烛，就着铜盆里的火点燃后又放回桌上。后墙的门上垂着一道布帘，她掀起帘子，消失在门后。就着摇曳的烛光，狄公环顾一下房间，只见对面紧靠墙壁放着一张大床，帷幔低垂，隐约可见皱成一团的被子和肮脏的枕头。

突然传来一个奇怪的声响。狄公举目四顾，见靠墙挂着一块褪了色的蓝布帘，声音就是从那里传出来的。狄公脑海中顿时闪过一个念头：莫非这是个陷阱。虽然偷儿们常在街角吃军曹的皮鞭，甚至连脊梁骨都被打得露了出来，但抢劫和奸淫在城中仍是猖獗一时。他连忙站起身，上前去拉开了帘子。

"唰"的一下，狄公的脸红到了脖子根。一张小木床靠墙而放，打着补丁的厚被子下露出了一颗圆脑袋。那是个小小的婴儿，一双乌溜溜的眼睛正看着狄公。狄公慌忙拉好帘子，回到竹椅上坐下。

茉莉提着一把大茶壶走了进来。她给狄公倒了杯茶，说道：

"在这儿，就喝这个吧。这茶可不一般，人家说它专治咳嗽。"

她转到帘子后面，回来时手里抱着一个小孩儿。她把孩子抱到床边，用一只手拍平被子，又把枕头翻了个个儿。

"屋里乱得很，让大人见笑了。"她一边把孩子放到床上，一边说，"就在县令大人唤我前去侍宴之前，我还在这里接待了一位客人。"带着她那种职业女人惯有的满不在乎的神态，她脱去了长袍，只穿着一条宽松的灯笼裤斜靠在枕头上。她解脱一般长吁了一口气，然后抱起孩子，用左乳喂他。那孩子开心地吧嗒着嘴吃了起来。

狄公喝了口药茶，发觉味道虽苦，喝到肚中却令人心神一爽。喝了几口，他问道：

"这孩子多大啦？"

"两个月，"茉莉倦怠地答道，"是个男孩儿。"

他的眼睛落在她肩上，一道长长的白色伤疤，宽宽的伤口几乎撕裂了她的右胸。她抬起头，瞥了他一眼，淡淡地说道：

"噢，都怪我自己不好，本来他们不想把我打成这样的。他们抽我的时候，我挣扎着想逃走，结果一鞭子抽过来，正抽在我肩膀上，还顺带着抽裂了前胸。"

"你因何受鞭笞？"狄公问道。

"说来话长！"她不再多讲，低头专心地喂起孩子来。

狄公默默地喝光了杯子里的茶。他的呼吸已平稳了许多，但头仍旧隐隐作痛。他又倒了一杯，在他喝第二杯茶的时候，茉莉把孩子放回小床，拉上了布帘。她回到桌边，打着呵欠伸了个懒腰，然后指了指大床，问道：

"怎么样？现在我缓过点劲了。那壶茶也差不多可以抵你付给我的那笔钱了。"

"好茶，好茶，"狄公疲倦地说道，"不是差不多，而是多于我给你的钱。"为了不让她难堪，他急忙补充道：

"我可不想让你也染上这可恶的时疫。我再喝一杯就回去。"

"大人随意好了！"她一屁股坐在他对面，接着说道：

"我自己也喝一杯。喉咙渴得像火烧一样。"

覆盖着积雪的街道上传来了吱吱咯咯的脚步声，那是更夫们在巡夜。他们敲响了手中的梆子，原来已是子夜时分了。茉莉缩回椅中，把手放在喉咙上，惊叫道：

"怎么，已到了一更天了？"

"正是，"狄公焦急地说道，"若是我军不尽早反击的话，只怕鞑靼兵会长驱直入，鞑靼人的铁蹄将践踏这片土地。我军终会收复失地，杀退来犯之敌。尽管如此，明日一早你还是收拾细软，带上小孩，尽快逃向东方方为上策。"

她直勾勾地瞪着前方，眼睛里满是深深的痛苦。过了一会儿，她说道：

"离天亮只有三个时辰了！"

看了看狄公，她又加了一句，"天一亮他爹就要被砍头了。"

狄公放下茶杯。"砍头？"他大声问道，"恕我冒昧，他是何人？"

"他是名校尉，名叫吴诚。"

"他犯了何罪？"

"并无罪过。"

"无罪岂会被砍头！"狄公怒声说道。

"他是被冤枉的。他们说他掐死了另一名军官的老婆，就按照军中的律令判了他死罪。他已经在军牢里关了将近一年，只等上司的批文一到，就要被拉出去杀头。批文今天到了。"

狄公捋着长须说道："我也常跟军中掌管军纪的都尉们共事，在我看来，军中审案虽比不得民间精细，却绝不延宕，判错的时候也不多。"

"可这次却是真的判错了。"茉莉说道，"太晚了，没办法啦。"一副听天由命的腔调。

"是啊，天一亮，他就会被处决，我们做不了什么事。"狄公并没有否认。他想了一会儿，接着说道：

"可是为何不跟我说说？这样一来，我就忘掉了我的烦恼，说不定也能助你渡过难关。"

"好吧，"她耸耸肩说道，"反正我也是愁得睡不着觉。是这样的，大约一年半前，有两名驻守大石口的校尉常来妓院光顾，其中一个姓潘，叫潘平，另外一个就是这吴诚。他二人都在军营效力，可虽然同在军中，关系却不好。他们两人的个性真是水火不容。那潘平长着一张光溜溜的脸，一根胡子也没有，做事极为圆滑讨巧，哪里像行伍之人，倒像风流俊俏的白面书生。他嘴巴虽甜，可还是惹人厌，院里的姑娘都懒得理他。吴诚则正好相反，虽说鲁莽，却并不粗俗；拳脚功夫好，剑术也精通，不但手快，嘴也快——笑话一个接一个。人家都说兵士们会跟着他赴汤蹈火，冲锋陷阵。你见了他，不会觉得他长得漂亮，可我就是喜欢他。他呢，也只爱我一个。每逢我月事来时，他就给院里的虔婆一笔钱，好让我在这期间不用跟第一个客人睡觉。他答应一得到提升就把我从院里赎出去，所以我才不管不顾地跟他养了这个孩子。要在平常，一怀上孩子，我们不是打掉，就是生出来卖掉。但我想要我自己的孩子。"

她喝光了杯中的茶水，拿下束头的缠巾，接着又说道：

"就这样，日子过得还算不错。后来，一天晚上，大概是在十个月前，潘平回到家，发现老婆金花被人掐死在床上，吴诚昏头昏脑地站在床边。潘平叫来了巡逻的兵丁，说吴诚杀了他娘子。兵士们把他俩带到大堂上，潘平说吴诚一直纠缠着他家娘子，而他家娘子却坚守贞操，坚决不从。这恶棍还说，他警告过吴诚多次，叫他不要乱来。他还说，看在与吴诚同在军中的分上，不愿伤了和气，他才没有告到将军那里。潘平还说，吴诚知道他在军械库守夜，所以才溜进他家，想要奸淫金花，被拒绝后，恼羞成怒，就扑上去把她掐死了。"

"吴诚如何辩解呢？"狄公问道。

"吴诚说潘平是个无耻小人。他知道潘平对他恨之入骨，因此认为是潘平自己掐死了老婆，然后栽赃陷害。"

"你那郎君可不是个聪明人啊。"狄公淡淡地说道。

"大人，可否听我一一道来？吴诚说，那晚他路过军械库，潘平叫住他，请他到他家去一趟，因他娘子午后身体不适，可能需要有人帮忙。于是吴诚去了潘家。当时，潘宅前门大开，不见仆人踪影。他高声唤人，却无人应答，一寻到内室，就看到了金花的死尸。这时潘平那厮冲了进来，直着喉咙叫来了官兵。"

"此事甚为怪异，"狄公说道，"都尉大人又是凭什么判他有罪呢？不，不，这就不是你所能知道的了。"

"我知道。他断案的时候，我就混在人堆里听着。大人啊，那时我胆战心惊，满身是汗。要是被人发觉军寨重地竟然混进了一个妓女，我可就难逃鞭笞苦刑了。那都尉判道：吴诚与朋友之妻通奸，依律当斩。他说谋杀之罪就不必多谈了，因为他的手下已查明是潘平自己遣散仆人，而且潘平一到军械库，便告诉军曹说他家附近有贼，让他们对他家宅院多加留意。将军说，潘平可能察觉到其妻与吴诚通奸，所以将她勒毙在床。那都尉说，淫妇无德，潘平愤而杀妻，依律无罪；不但如此，若是当场将二人捉奸在床的话，还可以连吴诚也一并除去。潘平没有直接与吴诚对质，恐怕是心存畏惧的缘故。不过，都尉大人也说，这些都不必提了，事实是吴诚与朋友之妻私通，犯了军中大忌，扰乱了军心，所以啊，吴诚的这颗头也只能让它掉了。"

她不再说话。狄公捋着长须，半晌说道：

"如此听来，都尉所断极为公正，与潘、吴二人素日的秉性也并无不符之处。你为何如此肯定吴诚与潘平之妻并无奸情？"

"因为吴诚爱的是我，别的女人他看都不看。"她脱口说道。

狄公感到这真是女人家的答案。他换了个话题，问道：

"打你的人是谁？为了何事？"

"都怪我自家蠢笨！"她悲悲切切地说道，"退堂后，我简直恨透了吴诚，因我腹中已有了他的骨肉，他却背着我与潘平之妻勾勾搭搭，且从未间断！想到此，我急急奔到大牢，谎称是吴诚的妹妹。狱卒便放我入内。一见到吴诚，我便一口啐到了他脸上，骂他是背信弃义的色鬼，然后转身便走。可是日子一长，我就像丢了魂一样做不了活计。思来想去，我终于明白过来，吴诚爱的是我，我怎会那么傻呢！两个月前，我生下了孩子，身子好了些，就又去了一趟大牢，想告诉吴诚我冤枉了他。可是他一定告诉了那些狱卒我上次骗了他们。他没做错，光是听听我叫的那些话，就知道我是什么人了！我一进牢门，他们就把我绑在架子上，劈头盖脸地抽打我。我运气好，因为拿鞭子的那个狱卒认识我，下手并不重，要不军寨又得赔上一具棺材了。即便如此，我的后背和肩膀还是给打得皮开肉绽，鲜血淋漓。可我不怕，咬牙挺了过来。我爹为了交租，把我卖给了妓院，在家时他总说我犟得像头牛。再后来，谣言满天飞，都说鞑靼兵要杀进城了，驻守在这里的将军被召入京城，两军开了战。虽说接二连三出事，吴诚的案子也还是没能拖多长。今天早上刑部的批文到了，天一亮他就要被杀头了。"

她猛地把脸埋进手中，呜咽着哭了起来。狄公慢慢捋着长髯，等她止住了悲泣才开口问道：

"潘平与其妻成婚后，可是夫唱妇随，两相欢爱？"

"这从何得知？我又没躲在人家夫妻床下偷听过。"

"他二人可育有子女？"

"没有。"

"他们成亲有几年了？"

"让我想想看。想起来了，大约有一年半了。我第一次见到这两位军爷时，吴诚告诉我，潘平刚从家乡奉父命完婚回来，新娘子是父母为他挑选的。"

"他父亲的名字你可知道？"

"不知道。只听潘平吹过牛，说他父亲在苏州城里可是大大有名哩。"

"那必是刺史潘伟良无疑了，"狄公脱口说道，"此公大有名望，古史造诣极高。虽然我与他缘悭一面，却拜读过他的许多大作，真乃篇篇锦绣，字字珠玑。他的公子竟在此地！？"

"在，他在大帅帐下供职。若是大人对潘家心存仰慕，还是亲自登门与这些畜生结交为好！"她轻蔑地说道。

狄公站起身。"本县正要登门拜访。"他像是自言自语，又像是在讲给茉莉听。

茉莉叫嚷着骂了起来：

"天下乌鸦一般黑，你们这群昏官！真高兴啊，我可是个老老实实的妓女！老爷们挑剔得很，不愿意跟一个少了一只奶的女人睡觉，是不是？想把钱要回去吗？"

"留着吧！"狄公心平气和地说道。

"见鬼去吧！"她"呸"的一声朝地上吐了口痰，背过身去。

狄公默默地穿上皮裘，转身离去。

大街上仍拥挤着大群的士兵。狄公一边走，一边心里暗自叫苦。退一万步讲，纵使找到了潘校尉，纵使他成功地从校尉嘴里打探到必要的事实来证实他的推测，也还得闯过赵元帅这一关，可不知道他愿不愿意听啊。此刻只有元帅才有权做出推迟处斩的决定。可是，一来，他日理万机，身负国家命运之重担；二来，他性如烈火，是个有名的暴脾气。狄公咬紧牙关，要是朝廷下了这样一道诏书——县令可阻止无辜者被推上刑场杀头就好了。

元帅府设在"西狩苑"。狩苑的建筑宏伟壮观，是当今圣上为其宠爱的长子所建。皇太子酷爱到西域狩猎，却不幸英年早逝。薨前遗命葬于大石口，那处拱顶便是他埋棺之所。太子妃后来也葬于此处。

守卫的兵士们对每个百姓都心存疑窦，狄公颇费了些口舌才被允许入内。他被带进一个又小又冷的厅堂，兵士把他的红色名刺拿去送给潘校尉。左等右等，狄公好不容易才盼来了一个年轻的军官。这军官身穿铁甲，腰系宽宽的剑带，愈发显得身形矫健。银盔下是一张眉清目秀的俊脸，俊俏中透着冷酷。他面白无须，只留了一抹短短的髭须。他僵硬地抱拳施过一礼，便站在一旁，傲慢地等着狄公先开口。论官阶，一县之长自然比小小的校尉高出许多，但潘平的态度却暗示这是在战时，与平日的大小之分自然有所不同。

"坐，坐！"狄公乐呵呵地说道，"一言既出，驷马难追，这可是本县的口头禅！虽说来得迟了点，却总比不来强！"

潘平在桌子另一头坐下，恭敬却吃惊地望着狄公。

"半年前，"狄公接着说道，"我去兰坊时途经苏州，与令尊有过一番长谈。知道吗，我在处理政务之余也研习古史！就在我起身告辞之际，令尊说道：'我的长子驻防在大石口，就在你的邻县，要是你碰巧经过此地的话，请代我前去探视。这孩子运气不佳。'正好，昨天赵元帅召我来此。回兰坊前，我便想来看看你，也算是言而有信。"

"大人真乃仁义之士！"潘平困惑不解，讷讷说道：

"在下方才多有冒犯，请大人海涵。我不知道……我心绪不佳。您看，前方一片混乱……"

他喝令兵士上茶，一个兵士送进来一大壶茶。

"大人，我父亲有没有，有没有告诉您那桩不幸的事情呢？"

"他只是说你的夫人去年被人杀害了。阁下遭此不幸，我深为……"

"谁叫他逼我成亲的，大人！"潘校尉喊了起来，"我早就跟他说过，我早就想跟他说了，可他总是忙得很，没有空闲。"

他勉强控制住情绪，接着说道：

"我觉得自己年纪尚轻，还不到成亲的时候。我想让他把婚期推迟几年，比方讲，等我换防到大的城镇再成亲也不迟。总得让人家有时间做点准备吧。"

"你是不是爱上了别的姑娘啊？"

"若有此事，天打雷劈！"年轻的军官高声发誓，"断无此事，大人。我只是觉得自己不适合娶妻，还没到时候。"

"她是不是被劫匪所杀？"

潘平忧郁地摇了摇头，面色惨白。

"凶手与我同在军中为官，大人。他风流成性，追逐女人到了令人作呕的地步。他的话题除了女人，还是女人，要想跟他谈些情操高洁的正经话，简直比登天还难。他总是陷进娘们那些肮脏不堪的小圈套里……"

年轻人几乎是咬牙切齿地吐出了最后几个字。他一把抓起茶杯，猛地灌下了一大口茶，而后闷闷地补充道：

"他还想勾引我家娘子，遭到拒绝后，竟丧尽天良地把她扼毙在床。天一亮，他就要被拉出去砍头了。"

突然，他用手捂住了面孔。

狄公静静地观察着这个哀恸不已的年轻人。过了一会儿，他柔声说道：

"唉，你的运气实在是不佳了。"

他站起身，又恢复了那副公事公办的腔调：

"本县还想再见赵元帅一面，请阁下头前引路。"

潘校尉马上站起身来。狄公跟着他穿过一条长长的回廊，一路上只见兵士们穿梭往来，忙乱不已。潘校尉回过头对狄公说道：

"大人，在下只能把您送到这间前殿了。后面的路，只有高级将领方可涉足。"

"阁下请自便。"狄公说道。

潘校尉把狄公引进　间大厅。厅里人头攒动，俱是军中将官。潘平说自己会等在厅外直到把狄公带回大门口。厅里原本呼张唤李，热闹得很，但狄公一踏进厅内，嘈杂之音顿时便沉寂下来。一个都尉走到狄公身旁，他瞟了一眼狄公的乌纱帽，冷冷地问道：

"县令大人，有何贵干啊？"

"本县有急事要面见赵元帅。"

"不行！"都尉一口回绝，"元帅大人正在商议军机大事，末将奉令在此把守，无论何人，一律不得入内。"

"事关一条人命。"狄公严峻地说道。

"什么，一条人命？嗤！"都尉从鼻子里哼了一声，大声说道：

"县令大人，我家元帅考虑的可是两万条人命啊！您请回吧。"

狄公脸上一白，无计可施了。那都尉恭恭敬敬却不容辩驳地用手指着大门，说道：

"大人，在下也是奉令行事，请恕在下无礼。"

"县令大人！"猛听一声高叫，厅内又闯进一名都尉。虽是严冬天气，他却汗流满面。只听他问道：

"您可认识狄仁杰狄县令？"

"在下正是狄仁杰。"狄公答道。

"老天保佑！我已找了您好几个时辰了！元帅有请！"

他一把抓住狄公的衣袖，把他拖进大厅后面的一扇门里。门后是一条半明半暗的通道，厚厚的毛毡覆盖在墙壁上，屏蔽了外面的声响。通道尽头是一扇沉重的大门，都尉上前推开大门，请狄公入内。

门内是宫殿般气派恢宏的大厅。奇怪的是，厅内寂然无声。一群身披金盔银甲的高级将领围在一张堆满了地图和公文的巨大书案周围，默不作声地望着一位身形威猛的巨人。这巨人正背着手，在书案前来回踱步。他身披铁甲，穿着骑兵穿的肥大皮裤，两块护肩已有些磨损。装扮虽然平常，高高的银盔上却盘着一条张牙舞爪的带角金龙。伴随着沉重的脚步，悬挂在元帅腰间的那把长剑的剑尖也敲击着精美的大理石地面，走一步，便"铛"的一声。

狄公匍匐在地。都尉走到元帅身边，笔直地施了一个礼，简要地说了几句。

"狄仁杰？"赵元帅咆哮起来，"我这里用不着他来伺候，送他回去！不，等一下！下令撤退前，我还有些时间可以见他。"他又对狄公吼道：

"嗨，别再趴在地上了！过来！"

狄公立刻站起身，走到赵元帅身边，深深地作了个揖。狄公本就是个高个子，但元帅比他还要高半个头。这巨人用拇指勾住剑带，右眼如电，犀利地盯着狄公。他的左眼带着黑罩——在北疆作战时，这只眼曾被一只带钩的长箭射中受伤。

"狄仁杰，据说你善解难题，是这样吗？好，我出一道题，你来解解看！"

他转向书案边那堆人，吼道：

"刘千！毛万！"

两个身穿甲胄的将军应声到来。狄公认出那金甲金盔的瘦子是刘千，统率左军人马；那金甲银盔的宽肩矮壮汉子是毛万，总管军中法度。统率右军人马的桑雷却不见踪影。这数十万军中，除过赵元帅，便要以这三人为首了。大唐此番有难，当今圣上已将百姓的生死和社稷的安危托付给了他们。狄公对二人深施一礼，两位将军却如木雕泥塑一般，没有反应。

赵元帅大步穿过大厅，一脚踹开一扇门。几个人默不作声地穿过好几道空空荡荡的宽阔长廊。三位将军的马刺敲击着大理石地面，长廊里回荡着空洞的铿铿声。长廊尽头有两名羽林军兵士在把守。这二人一见众位长官，忙行军礼。赵元帅把手一挥，他俩便缓缓推开了那两扇沉重的大门。

众人走进一间极其宽敞的大厅。厅内光线暗淡，拱形屋顶，高高的四壁没有窗户，只是每隔一段放置一盏银质油灯用以照明。大厅中央有两具巨大的棺木，棺木上涂着明亮的红漆，那是象征吉祥永生的颜色。这两具棺木大小相同，都是十二尺宽、三十尺长、十五尺高。

赵元帅对着棺木施礼，其他三人也跟着施礼。礼毕，赵元帅转向狄公，指着棺木说道：

"狄仁杰，这就是我给你出的难题！今日午后，我正要下令进攻，桑将军闯入帐内，口口声声告发这位刘千谋反。他说刘千已跟鞑靼的可汗接上了头。一俟我军进攻，他就同鞑靼狗兵合一处，夹击我军。得手后，鞑靼人会把长江以南的地域作为赏赐封给刘千。我问证据何在？桑雷说刘千在这太子及太子妃棺中藏匿了两百套盔甲及长剑，上面都标上了叛军的印记。时辰一到，刘千在军中的高官内应便会打开棺木，披上这些做了记号的盔甲，把不知情的将领通通斩于剑下。"

狄公倒吸了一口冷气，忙偷眼瞄了刘将军一眼。但见那瘦子浑身僵硬地杵在那里，面白如纸，紧绷着一张脸，两眼直视前方。

"我相信刘千，就像相信我自己一样！"

赵元帅猛地一扬留着胡须的下巴，接着说道：

"但桑雷多年来秉公执法，口碑极佳，又让我不得不信。我必须查明此事，而且要快。反击鞑靼人的方案已经拟好，我本想命刘千为开路先锋，率一万五千军马插入敌军腹地，我亲领十万五千名将士随后杀来，一举把鞑靼狗赶回老巢。但有迹象表明，风向即将转变。如果我举棋不定，拖延了战机，三军将士将不得不与冰雪风暴奋力苦战。

"我已跟桑雷手下最得力的细作在此检验了好几个时辰，但没有迹象表明这棺木被人动了手脚。桑雷一口咬定，刘千等人锯掉了一大块外板，把盔甲等物从洞中塞进去后，再用新板重新补好。据他说，有人可以做到天衣无缝，不露痕迹。或许有这种人，但我必须拿到确凿的证据。可是，我怎敢擅自打开圣上爱子的棺木而亵渎圣祖苗裔！没有当今圣上的许可，就是在棺木上划一道也是使不得的。再说，圣上的旨意最快也要六天后才能传回这里，而在否决桑将军的指控前，我无法下令进攻。要是两个时辰之内我想不出解决的办法，就只能下令全线撤退了。狄仁杰，快干吧！"

"据说你善解难题，是这样吗？"赵元帅咆哮道（高罗佩　绘）

狄公先是绕着太子的棺木走了一圈，又草草地检视了一下太子妃的棺木。他指着地板上的几根长钉，问道："这些钉子派何用场？"

"把棺木支起来，"毛万冷冷地说道，"好看看棺木底是不是被人动过。凡是可能动手脚的地方，我们都查验过了。"

狄公点了点头。他沉思着说道：

"我曾经读过一篇描述这个宫殿的文章。文中记载，那年八月，太子的遗体先用金棺装敛，外套一具银棺，银棺外再套上一具铅棺，两棺之间填充无数太子生前珍爱之物和他的朝服。但石棺里却只放了一些厚厚的柏木，再在棺外涂上一层红漆。两年后太子妃薨时，也是照此办理。因为太子妃生前喜爱划船，所以在这宫殿之后开挖了一个大湖，湖中放置了一些妃子和侍女们曾经划过的船只摹品。不知下官说得对不对？"

"对，没错，"赵元帅咆哮道，"此事人尽皆知。别傻站着扯这些乱七八糟的话了，狄仁杰！回到正题上来！"

"大人，您能给我一百名兵士吗？"

"干什么？我不是告诉过你，这棺木不能动吗？"

"大人，恐怕鞑靼兵对这两具棺木也有耳闻。要是他们攻占了城池，定会打开棺材，把珍宝洗劫一空。大人，下官认为，与其眼看着太子之棺落入异族之手，还不如把它们沉入湖底。"

赵元帅目瞪口呆，过了片刻，他吼叫道：

"该死的笨蛋！尔岂不知这两具棺木乃中空的，它们怎会沉呢？你……"

"沉不沉且不去管他，大人！"狄公飞快地接口说道，"但沉棺入水却是一个理由，我们可以打着'保护棺木，免遭异族凌辱'的旗号，堂而皇之地挪动棺木。"

赵元帅用那只炯炯有神的眼睛瞪着狄公。猛然间，他叫道：

"老天爷啊，狄仁杰，我看这难题你已经解出来了！"

他转向毛万，吼道：

"召集一百名兵士，让他们带上绳索和滑轮！快去！"

毛万连忙向楼梯跑去。赵元帅一面踱步，一面口中念念有词地说着什么。刘千不露声色地望着狄公。狄公站在太子妃的棺木前，两手交叠在袖笼里，默默注视着。

毛万很快便回来了。在他身后跟着一群矮小结实的汉子，都穿着紧身衣和棕色皮裤，戴着一模一样的尖帽子，围着长长的护颈和耳套。他们有些扛着长竿，有些则拿着绳索。这些兵士惯会挖掘隧道、攀爬城墙、逢山开道、遇水搭桥，深谙战争中所需的特殊技能。

赵元帅向这群人的官长下了命令，十二名士兵得令后撒腿向大厅后奔去，一道高大的门打开了，但见惨淡的月光映照着一方宽阔的大理石台地，有三级台阶从台地通向下面的湖泊，水面上已结了一层薄冰。

其余的兵士爬上了棺材，一眼望去，好像一群忙忙碌碌的小蚂蚁。他们虽然忙碌，却几乎听不到一点声音，因为干活时他们都是靠打手势来进行沟通的。他们可以做到在房屋下挖掘地道而不惊动屋内的居民，只有在墙壁和地板轰然塌陷的那一刻，人们才知道发生了什么事。三十名兵士用长竿作为杠杆，支起了太子棺的一端，另一队在棺下安好滑轮，还有一队在巨大的石棺上绕上绳索。

赵元帅看了一会儿，便向外面的台地走去，狄公和两位将军紧随其后。众人默然无语地站在水边，远眺结冰的湖面。

突然，身后传来"轰隆"一声，那具巨大的棺木慢慢地滑出了大门。几十名士兵肩扛绳索，拉动棺木前进，另外几十人不断在其下安放滑轮。棺木被拖过台地，下到水中，就似巨船入水一般，湖面传来破冰之声，棺木摇晃了一阵，在水下三分之二处停住了。一阵冷风吹过湖面，狄公连声咳嗽。他拉起领巾，遮住口鼻，打了手势给兵士头目，又指了指太子妃的棺木。

又是一阵"轰隆"之声，第二具棺木也滚过了台地。兵士们把它放入水中后，它便漂浮在第一具棺木旁。赵元帅弯下腰，看了看两具棺木，又比对了一下水线：无甚差别。若有，也只是太子妃的棺木比太子的要稍微重一点点。

赵元帅直起身，"啪"地拍了一下刘千的肩膀。

"我就知道，你这小子值得信赖，刘千！"他嚷道，"你还等什么？发出信号，点齐人马！三个时辰后，我率大军出发。祝你马到成功！"

刘将军紧绷的脸上慢慢绽出一丝笑容。他抱拳施礼，然后转身大步离去。兵士官长走上前来，恭恭敬敬地对元帅说道：

"大人，小的们要用索链和石头称这两具棺木的重量，然后再……"

"我犯了个错误，"赵元帅打断了他的话，"把棺木拖回岸上，放回原处。"

他又对毛万吼叫着："点一百兵马，急驰西城门桑雷的营地，以通敌罪拿下桑雷，打入木笼囚车，押送京城待罪。他的人马由高将军接管。"

说完，他转向仍咳嗽不止的狄公，说道：

"你干得不赖，可不是吗！桑雷比刘千年长，对刘千跟他平起平坐很不服气。与可汗狼狈为奸的正是桑雷——这个鞑靼狗的儿子。没看出来吧？他诬告刘千，就是想阻止我军反击，只要我们一后退，他就和鞑靼人里应外合，夹击我军。你怎么咳得那么厉害，没完没了，狄仁杰！我听着都难受。过来，我们走吧！"

议事厅此刻人声鼎沸，生机勃勃。地板上摊开了一张又一张的大地图，军师们正核对着反击的每个细节。一位将军兴奋地对赵元帅说道：

"大人，能不能在这些山丘之后再加五千兵马？"

赵元帅弯腰察看地图，不一会儿几个人便热烈地讨论起深奥的战术问题来。狄公焦急地看了一眼屋角的计时水钟，浮标显示，离天亮只有半个时辰了。他走到赵元帅身旁，小心翼翼地问道：

"大人，请恕下官冒昧，我有一事相求。"

赵元帅直起腰，不悦地问道：

"嗯？什么事？"

"下官请大人重新审理吴校尉一案。天一亮，他就要被拉出去砍头了，但实际上他清白无辜，毫无罪过。"

赵元帅的脸涨得通红，咆哮着说道：

"大战迫在眉睫，朝廷危在旦夕，你怎敢拿一个卑鄙小人的性命来麻烦我堂堂三军统帅？"

狄公盯着那只转动的眼睛，毫不退缩。他平静地说道：

"大人，若是军情需要，牺牲一千人的生命也应该。但若无此需要，就是一个人的生命也不可轻忽。"

赵元帅大怒，连声咒骂。但骤然间他停止了叫骂，咧嘴一笑，说道：

"狄仁杰，要是哪天你对那些之乎者也的文官公文生厌了，来找我，我对天发誓，会给你个将军当当！你是说重新调查此案？胡说八道，我马上升堂审问，就在此地！你下令吧！"

狄公转向身边的一名都尉，他是听见了元帅的叫骂而跑来的。狄公对他说道：

"前殿有一位姓潘的校尉在等我。此人诬告另一名校尉杀人，你能不能把他带到这里？"

"连他的顶头上司也一起带来！"赵元帅加了一句，"快去！"

都尉急忙跑到门边。门一开，只听见一声低沉的号声传入耳中。这号声越来越响，直穿透宫殿厚厚的墙壁，那是军中的号角，是集合人马、进攻敌营的信号。

赵元帅双肩一抖，大笑着说道：

"狄仁杰，听啊！这是世上最动听的音乐！"

说完，他又转向了地上的地图。

狄公两眼紧盯着大门。那都尉不到片刻便回来了，潘平和一位年纪较大的军官跟在他身后。狄公对赵元帅说道：

"大人，他们到了。"

赵元帅猛地转过身来。他把两只拇指按在剑带上，带着一脸怒容看着两人。两人双膝一并，站得笔直，目不转睛地盯着赵元帅。这是他们生平第一次见到这位大唐最伟大的军人。只听巨人对年长的军官吼叫一声：

"校尉是何等样人？"

"治下有道，遵守军纪，不善与人相处，没有打过仗……"那军官像报流水账一样说道。

"是怎么回事？"赵元帅问狄公道。

狄公对潘平冷冷地说道：

"潘校尉，你是不适合成亲的，因为你喜欢的不是女子，而是同在军中为官的吴诚。可是他对你却不屑一顾。因此你便扼死了自己的妻子，又诬告吴诚。"

"可有此事？"赵元帅暴叫着喝问潘平。

"有，大人！"潘校尉神色恍惚地答道。

"把他拖出去，"赵元帅命道，"一鞭一鞭地抽死，选根细藤条。"

"请大人手下留情！"狄公忙插言道，"此人成亲是迫于父命。他天性不同于常人，又无法应付随之而来的感情问题。请大人准他自尽。"

"好，准了！"赵元帅又对潘平说道：

"你能死得像个军人吗？"

"能，大人！"潘平答道。

"帮校尉一把！"元帅对那年长的军官叫道。

潘平解开紫红的颈巾，把它递给自己的上司。然后他拔出宝剑，跪在赵元帅面前，剑把拿在右手，剑尖抓在左手，锋利的剑刀深深地割开了他的手指，他却似乎没有感觉到。年长的军官跨前一步，抖开颈巾。潘平抬起头，望着赵元帅巨人般的身躯，大叫一声：

"大唐万岁！"

然后，他猛一挥手，割断了自己的喉咙。年长的军官急忙用颈巾缚住潘平的脖颈，不让鲜血喷溅出来。赵元帅点头叹息，对那军官说道：

"潘校尉死得英勇，不愧是一条好汉。按军官的礼数葬了他吧。"

他又对狄公说道："你去把那个冤大头放出来，给他官复原职。"

说完后，他又俯下身察看了一下地图，对那将军咆哮着说道：

"在此山谷入口处再加五千兵马！"

四个兵士把潘平的尸身抬了出去。狄公走向那张大书案，拿起一支毛笔，飞快地在元帅专用的公文笺纸上写下几行字，写好后他盖上元帅的大印，又签上了自己的名字。跑出大厅前，狄公急急地看了一眼水钟，他还有半个时辰的时间。

从宫殿到军中大牢本来没几步路，但眼下街道上挤满了开拔的兵士。六匹高头大马一字排开，马上坐着雄赳赳的骑士。他们高举着刀枪剑戟，令鞑靼兵闻风丧胆。马儿膘肥体壮，将士的盔甲闪着金光，他们是刘千的先锋队，是大唐官军的精锐之师。鼓声阵阵，催促元帅帐下的人马前来听令。大反攻就要开始了。

狄公手持盖有元帅大印的公文，不费吹灰之力便见到了牢头。四个狱卒带进来一个壮实的年轻人。他那拳师一般粗壮的脖颈已被刮光了汗毛，就等着时辰一到，便要开刀问斩。牢头向他高声宣读了公文，又命一名副手帮助吴诚穿上盔甲。吴校尉戴上头盔后，牢头亲手递上他的佩剑。狄公看到吴诚虽不聪明，却长着一张讨人喜欢的开朗的面容。"你过来！"他对吴诚说道。

吴校尉瞪着狄公的乌纱帽，发了一会儿呆才问道：

"县令大人，您怎么会过问这桩案子？"

"噢，"狄公淡淡地说道，"军中重审你的案子时，我碰巧在场。他们都忙得不亦乐乎，所以就让我来办手续。"

两人来到外面的大街上，吴诚讷讷地说道：

"我在这间该死的监狱里关了快一年了，我无处可去。"

"那就跟我走吧。"狄公说道。

两人走在街上，吴诚听到了战鼓之声。"我军终于开始进攻了，啊？"他忧郁地说道，"好，我还赶得上归队战斗。至少，我还能战死沙场，马革裹尸。"

"你为什么一心求死呢？"狄公问道。

"为什么？因为我笨，笨得无药可救，就是这个原因！我虽没碰过潘娘子一根指头，却背叛了一个可爱的女人。她到牢里来看我，被军曹们用鞭子抽死了。"

狄公还是没有作声，这时他们已来到一条僻静的后街。狄公在一处斜靠着仓库的小小茅屋前停下了脚步。

"这是什么地方？"吴诚张大了嘴巴，惊讶地问道。

"一个勇敢的女人，带着她给你生的儿子，就住在这里。"狄公简短地说道，"这是你的家，校尉，咱们就此别过。"

他疾步走开。

转过街角，一阵冷风吹来。狄公拉起颈巾，遮住口鼻，勉强把咳嗽压了回去。他希望那家小旅舍的店小二已经起身了，能给他上一壶热茶，这就是他最大的心愿了。

除夕疑案

【短篇小说】

这个故事也发生在兰坊。一般来说，县令在一地的任期为三年，任满三年后另行选官。狄公已在兰坊做了四年县令。这第四年，也就是674年，已经到了岁尾，他却仍未等到朝廷有关调任的只言片语。就在那乏味无趣的第四年的最后一夜，发生了下面这样一件事。事实证明，罪案在堂审之前，狄公总是能准确无误地推断出案情的来龙去脉。但是，读者将会发现，侦破本案时，狄公却犯下了两大错误。然而，两个错误却产生了一个正确的结果，真是大大出人意料！

狄公收好最后一册卷宗、锁上书桌的抽屉时，不禁打了个冷战。他站起身，裹紧身上那件居家常穿的镶拼长袍，穿过冷冰冰、空荡荡的书斋来到窗前。他推开长窗，扫了一眼外面黑漆漆的县衙庭院，又连忙把它紧紧地关上。雪已停了，但寒风吹来，依旧冷得刺骨，方才开窗时，风还差一点吹熄了书桌上的红烛。

　　靠后墙安放着一张软榻，狄公走到榻前，叹息一声摊开了被褥。在兰坊的第四个年头已过去了，而他，却要在书斋中孤衾独枕，寂寞地度过这索然无味的第四年的最后一个漫漫长夜。他的家就在大堂后面，但此刻，那里却冷冷清清，只有几个仆人在操持家务。两个月前，大夫人偕二夫人、三夫人和孩子们回乡探望年迈的母亲，忠心耿耿的老幕僚洪亮也陪着一道去了。他们说好早春时回来……但是，在这个寒冷孤寂的冬夜，春天的脚步似乎杳不可闻。

狄公拿起茶壶给自己倒最后一杯茶时，却悲哀地发现茶水已冷。他刚想击掌召唤书吏，又陡地记起他已给衙门的公人们都放了假，就连他的三名亲随也得到恩准，不必随侍在侧。此刻，只有几名当班的衙役守候在大门前。

他拉下头上的软帽护住双耳，拿起蜡烛，穿过阒无人迹、一团漆黑的文案馆，来到衙役们当班的房间。

青石地板的中央放着一只铜火盆，炭火烧得正红。四名衙役正蹲坐在火盆周围烤火。看到狄公进来，四人连忙"噌"地跳起身，极利索地整了整头上的帽子。只有班头没有察觉到他的到来，正探身窗外，唾沫横飞地对着外面的什么人破口大骂。狄公只能看见他熊一般的宽后背。

"大胆，何事喧哗！"狄公喝道。班头转过身，一见是狄公，忙躬身行了个九十度的长揖之礼，腰都快折断了。狄公冷冷地说道：

"在一年的最后一天，讲话不可造次！"

班头哼哼叽叽地说，有个蛮横不讲理的小乞儿狗胆包天，这么晚了还敢来县衙捣乱。"这小崽子想叫我给他找娘！"他愤愤不平地加了一句，"是不是把我当成奶娘了？"

"极有可能！"狄公嘲讽地说道，"到底是为何事？"他走到窗前向外面望去。

窗下的街道上站着一个小小的男孩儿，只见他紧贴墙壁，在刺骨的寒风里瑟缩成一团。月光下，一张满是泪水的小脸蛋，只听他哭叫道：

"地……地上都是！我滑了一跤，娘就不见了！"

他盯着两只小手看了看，又使劲地在单薄的缀满补丁的衣服上擦了擦，想把手弄干净。狄公看到了红色的污迹。他一个急转身，喝令班头道：

"来呀，给我备马，再派两个人跟我来！"

一出衙门，狄公便把男孩抱起放在马鞍上。他坐在孩子后面，把脚放进马镫里，放缓缰绳，任马儿慢慢前行。他瑟缩了一下，想道：一跃而起，飞身上马，好像还是不久前的事呢。追忆往昔令他顿生烦恼。突然间，他感到精疲力竭，好像一下子老了许多。四年的兰坊岁月啊。他强打精神，平复了一下情绪，用欢快的语气对那呜呜哭泣的小男孩说道：

"好啦，我们一起出发，把你娘找回来！你爹爹是谁，你家住在哪里？"

"我爹是个货郎，人家都叫他货郎王二，"男孩忍住抽泣说道，"我家就住在孔庙西面第二条巷子里，再走几步就是水闸。"

"这可一点都不难找！"狄公说道。雪后路滑，他小心翼翼地拍马前行，班头则带着两名衙役骑着马默默地跟在后面。一阵狂风呼啸而至，吹起檐上的积雪，细小的雪粒打在他们脸上，犹如针扎一般疼痛。狄公擦了一下眼睛，又问道：

"孩子，你叫什么名字啊？"

"我叫小宝，大人。"男孩哆哆嗦嗦地答道。

"小宝，小小的宝贝也，"狄公说道，"多好听的名字！你爹在哪里呢？"

"不知道，大人，"男孩不高兴地喊了起来，"我爹一回家就跟我娘大吵大闹。我娘没做饭，她说家里连面条都没有了。后来，后来我爹就开始骂她。他又喊又叫，说我娘跟开当铺的沈员外鬼混了一个下午。我娘一听就哭了起来。我急忙跑出家门，想到杂货铺赊上一盘挂面，好让爹娘别再吵了，大家高高兴兴地过日子。可是杂货铺前挤了好多人。我挤呀挤，怎么也挤不进去，只好回家。回家一看，爹娘都不在，地上流了好多血，我滑了一跤，我……"

他大哭起来，瘦小的后背一抽一抽的。狄公搂紧孩子，用皮裘裹住他，两人默默无言地骑马前行。

冬夜，狄公见孔庙隐约在前。他下了马，把孩子也从马上抱了下来，对班头说道：

"此地距男童家不远。将马匹寄在庙门，我等徒步进巷，以免惊扰了百姓。"

他们走进那条窄巷，只见巷两旁都是低矮破旧的木板房。男孩指了指临街一扇半隐半开的小门。底楼纸糊的窗子里透出了一线灯光，但二楼却是灯火通明，还传出歌声和叫闹之声。

"何人住在楼上？"狄公在门前止住脚步，问道。

"是刘裁缝，"男孩说道，"他家今晚请了几个朋友来喝酒。"

"小宝，你把班头带到楼上去。"说完，狄公又低声吩咐班头道：

"把这孩子交给楼上的人照看，不过，需把刘裁缝带下来问话。"

说完，他跨进房门，两名衙役紧随其后。

房内没有几样家具，冷得如冰窖一般。角落里有一张摇摇晃晃的架子，上面放着一盏啪啪作响的油灯，发出昏黄的光亮。房子当中摆放着一张做工粗糙的大圆桌，桌上有三只裂了缝的泥碗，一端放着一柄大厨刀，刀上沾满了鲜血。石板地上的血更多，汇成了一个大血洼。

年纪较大的一个衙役指了指厨刀，叫道：

"大人，有人用这把刀砍断了另一个人的喉咙，可能差点连头都割下来了。"

狄公点了点头。他用食指沾了沾厨刀上的血迹，发现血还未干。他环顾四周，扫视一眼这昏暗房间，发现靠后墙有一张大床，四周围着褪了色的蓝布帘子，靠左边的墙则放着一张小床，四周没有帷帘，显然那是孩子的床。光秃秃的石灰墙上乱七八糟地贴着破纸。狄公走到大床边一扇紧闭的房门前，发现门后是一个小厨房，火炉里的灰是冷的。

狄公走回房间时，正听见那年轻的衙役冷笑一声说道：

"这种地方，鬼都不会上门，大人！小人听说过货郎王二，他可是穷得叮当响。"

"行凶动机是愤而杀人。"狄公指了指床边地板上一方真丝手帕，简短地说道。摇曳不定的油灯照射下，可见上面用金线绣着个大大的"沈"字。"在小宝离家赊面的时候，"狄公接着说道，"货郎发现了妻子情夫遗留的这方手帕。两人本来就吵得面红耳赤，这块手帕更是火上浇油，货郎忍无可忍，操起厨刀，愤而杀妻。没什么可说的了。"他耸了耸肩膀，"他必是埋藏尸身去了。货郎可是个壮汉？"

"壮得像头牛一样，大人！"年纪较大的衙役答道，"小人经常看见他背着沉重的木箱穿街走巷，从早走到晚。"

狄公看了一眼门边那只盖着油布的大箱子，慢慢地点了点头。

班头连推带搡着一个又高又瘦的男子走了进来，看样子此人已醉得不轻。他东倒西歪地站着，用那双躲躲闪闪的小眼睛迷迷糊糊地看了狄公一眼。班头一把抓住他的衣领，推搡着让他跪倒在狄公面前。狄公将两手交叠在宽大的袖笼中，淡淡地说道：

"这里出了人命案，你听到了什么，看到了什么，跟本县如实说来。"

"定是那女人做的孽！"裁缝大着舌头含糊不清地说道，"她总是妖妖娆娆，招蜂引蝶，像我这样的一个体面人她却正眼也不看一下！"他打了个酒嗝，"在她眼里，我跟她男人一样，都是穷光蛋！她爱的是开当铺的手里的钱，这贱货！"

"休得胡说八道！"狄公生气地喝道，"回答本县的问话！楼上楼下只隔一层薄板，你肯定听到了他夫妇二人的争吵！"

班头朝他的肋骨踢了一脚，吼道：

"快说！"

"大人，小人什么都没听见！"裁缝吓得抖成一团，哀号着说道，"楼上的那帮杂种马尿灌多了，一个劲地大喊大叫！我那蠢婆娘还打翻了碗，醉得连打扫的劲儿都没有。要把她弄起来干活，小人还得摇她好一阵子哩。"

"有人出过这屋子吗？"狄公问道。

"没有！"裁缝咕哝着说，"李屠户给我们杀了头猪，这帮人都流着口水看着！烤猪的活儿谁做？只好小人来做！这些家伙只会喝我的酒，懒得连拨拨火都不愿意动手！屋子里都是烟，我打开窗户想通通风，却正好看见那贱货一溜烟地跑出了家门。"

狄公扬了扬眉毛，思索片刻，问道：

"她丈夫可在她身边？"

"她会要他陪？"裁缝一撇嘴，"她巴不得一个人待着！"

狄公急忙转过身。他弯下腰仔细检视着地板，注意到在一片沾着血迹的足印中有一双前尖后圆的小小金莲，这足印一直延伸到了门边。他逼问裁缝：

"她跑向何处？"

"水闸！"裁缝闷闷地答道。

狄公披上皮裘，命令衙役道：

"把这无赖带回楼上！"

他走到门边，又急匆匆地对班头耳语道：

"你留在房中等我。王二一回来就将他拿下！那当铺东家定是到此地来寻手帕的，不想一头撞见了刚与妻子争吵过的王二。王二此时已发现了手帕，便将沈员外杀死，王氏则逃出了家门。"

狄公走出门，踏着积雪来到相邻的街道上。他上了马，心急火燎地驰向水闸，一面在心中暗道：

"一条人命已足矣。"

狄公在通向水闸的石阶处下了马，然后沿着陡峭的阶梯奋力向上攀去。雪已上冻，路滑难行，但狄公已顾不得这许多了，因为他望见在最高处的围栏前站着一名女子。她裹着一件长袍，正弯腰俯视着远处护城河的河水。

狄公三步并作两步跑到她身边，抓住了她的胳膊。"万万不可！"他严厉地说道，"纵使牺牲自己也不能救回那条死去的人命。"

女子一惊，缩回了身子。她靠着护栏，睁大一双惊恐的眼睛看着狄公，嘴巴也因为恐惧大张着。狄公看到，这张五官扭曲的脸虽有些憔悴，却仍有几分姿色，称得上清秀标致。

"您定是衙门里的人！"她结结巴巴地说道，"这就是说他们已知道我那可怜的丈夫把他给杀了！这都怪我！"她撕心裂肺地痛哭起来。

"他杀的可是开当铺的沈员外？"狄公问道。

她悲哀地点了点头，大哭着说道：

"我怎么这么傻！小女子发誓和那姓沈的绝无半点私情，我只是想气气我那当家的……"

她撩开前额一缕汗湿的头发，接着说道：

"沈员外向我定做了一套丝绣手帕，要在过年的时候送给他的爱妾。我没跟王二说，是因为我想给他一个惊喜。今天晚上，王二看到了我还没绣好的最后一块手帕，就去灶间拿了一把刀，吼叫着要把沈员外和我捉对儿杀死。我逃出屋外，想到邻街的姐姐家去避一避，谁想到她家中无人。我只好转回家中，却发现王二不在房中。啊，到处都是血。"

她一把捂住脸，哽咽着说道：

"沈……他定是在取手帕时撞见了王二，王二就杀了他。都怪我，他要是有个三长两短，我一个女人家可怎么……"

"记住，你还有个不谙世事的儿子要照看呢。"狄公打断了她的话。他紧紧抓住她的胳膊，领着她走下台阶。

回到王二家，他吩咐班头把这女人带到楼上去。班头依言，把女人送到了楼上。他下来后，狄公说道：

"我们应背靠墙壁，守在门边。我们只有守株待兔，等着他自投罗网了。王二在这里杀死沈员外后，便出门去埋尸体了。他本想回来后再清洗血迹，但他的儿子却抢先一步把我们带到了这里，所以他的如意算盘落了个空。"

四人分成两组，各守门的一侧。他们紧贴墙壁站在门边，等着王二回来。狄公的身边就是那只大木箱。楼上有人在大着嗓门争执着什么。

突然，门开了，一个宽肩膀的大个子走了进来。衙役们如老鹰扑小鸡一般扑了上去。大个子吃了一惊，还没弄清楚发生了什么事便被拿下了。衙役们用铁链把王二的双手捆在背后，又推搡着要他跪倒在狄公脚下。一个牛皮纸包从他的袖筒里掉了出来。纸包散开，里面的面条洒了一地。一个衙役一脚把纸包踢进了墙角。

楼上有人在跳，薄薄的天花板吱嘎作响，向下弯曲。

"不要糟蹋了好东西！"狄公对那衙役怒喝一声，"捡起来！"

衙役受了责备，慌忙用手捧起面条，把它们放到了桌上。他嘟囔着说道：

"什么好东西啊。天花板上掉下来的灰早把它弄得一塌糊涂了。"

"这杂种的右手上有血，大人！"班头查验过王二身上后兴奋地叫道。

王二两只眼睛睁得大大的，一眨不眨地瞪着面前那摊血。他的嘴唇虽在颤动，却发不出任何声音。听到班头的叫声后，他才抬起头望着狄公喊道：

"我老婆在哪儿？她出了什么事？"

狄公在木箱上坐下，把两手交叠在宽宽的袖笼里，冷冷地说道：

"问你话的人是本县县令！说，你……"

"我老婆在哪儿？"王二狂乱地叫道。他挣扎着想站起来，班头举起鞭子，用沉重的鞭头击打着他的头部。王二迷迷糊糊地摇了摇头，结结巴巴地说道：

"我老婆，我儿子……"

"快说！今晚到底发生了何事？"狄公问道。

"今天晚上……"王二语不成调地说了几个字，又犹豫起来。

班头给了他一脚。

"老爷问你话呢，快如实招来！"

王二皱了皱眉头，又看了看地板上那摊血，终于开口说道：

"今晚，我正往家里走，开杂货店的冯七跟我说当铺掌柜沈员外今天来过。我进了家门，只见家里冰锅冷灶，什么吃的也没有，连做年夜饭的面条也没有。我就对银杏说，我要休了她，她拿到休书就可以名正言顺地跑到姓沈的那里跟他成双成对、双宿双飞了。我说整条街都知道，我一出家门，沈老头子就钻进来和她鬼混。她既不说是，也不说不是。后来我又看见了那块手帕，一气之下就跑进灶间拿了把厨刀。我要先杀了这贱人，再去收拾那姓沈的。可是等我提着刀从灶间出来时，我老婆已经跑掉了。我拿起手帕，想在砍断沈老头的脖子前扔到他脸上去，但手帕上的一根针扎了我的手。"

王二停下来喘了口气。他咬了咬嘴唇，吞了口口水。"到这时我才知道自己有多傻。手帕不是沈员外遗落的，而是他向银杏定做的。这一块是银杏还没绣好的。我跑出去找她，先到了她姐姐家，可是她姐姐家没人。我又去了沈员外的铺子，想把衣服当掉，给银杏买些好吃的。可是沈员外却说他还欠我一吊铜钱，因为他请银杏绣了二十块手帕，工钱还没付呢。他说今天下午到我家时，虽说最后一块还没绣好，但他仍把绣好的那些送给他的爱妾。他爱妾喜欢得简直不想放手。今天是除夕，他说，怎么着也得把钱给我。我用这笔钱买了一袋面条，又给银杏买了一朵纸花，就回来了。"

他瞪着狄公，发狂似的叫道：

"告诉我，银杏出了什么事儿？她在哪儿？"

班头嘎嘎地笑了起来。他高声说道：

"听听这狗东西都胡说了些什么呀！这杂种就想拖时间！"

他举起鞭子，问狄公道：

"大人，是不是要我把他的牙齿打掉，好让他痛快点招供？"

狄公摇了摇头。他慢慢地捋着长髯，一眨不眨地看着跪在面前的货郎那张棕色的脸膛。过了一阵，他命令班头道：

"搜搜他身边是否带着纸花！"

班头把手伸进货郎的怀里，从里面掏出一朵红艳艳的纸花。他高举着纸花呈给狄公验看，随后便不屑一顾地把它扔在了地板上，还在上面踩了一脚。

狄公站起身，走到大床边，弯腰捡起那方手帕，翻来覆去地细看了一阵。然后，他走到圆桌旁，眼睛盯着肮脏的油纸包里的面条想了一会儿。屋内寂然无声，只听得见跪着的男人沉重地喘息声。

突然，楼上又爆发出一阵叫闹声。狄公抬头看了看屋顶，便转过身向班头下令道：

"把那两位带下来！"

货郎一见妻儿，真是又惊又喜，一张嘴巴张得老大。他叫道：

"谢天谢地，你们都平安无事！"

他差点从地上蹦起来，衙役们忙恶狠狠地把他按了下去。

王氏猛地扑倒跪在货郎面前，呜咽着说道：

"宽恕我吧！都是我害了你！我真傻，我只想让你难受一阵，可看我都干了些什么啊，我怎么这么糊涂呢！可是你已经，他们就要把你抓走……"

"你们两位，起来吧！"狄公威严地大喝一声，打断了妇人的哭诉。看到狄公不容置喙地把手一挥，两个衙役只得松开了王

王二看到自己的妻儿……（高罗佩　绘）

二的肩膀。

"除去铁链！"狄公命令道。班头虽惊得瞠目结舌，但还是照狄公的吩咐解开了铁链。狄公又对王二说道：

"今天晚上，你喝了一缸莫名其妙的酸醋，差点要了自己老婆的命。是你儿子让你脱去这场灾祸，正是因为他到衙门送信，我们才能及时赶到。你们夫妇二人都要记住今夜，除夕之夜发生的事不会轻易忘记。记住上天赐予你们的福分。我们接受恩赐时总是觉得理所应当，得手后却不知道珍惜，转眼间就忘得一干二净。你二人彼此相爱，身强力壮，还有个好儿子，这些比什么都强！好好干，让人家看看你们确实对得起这些福分！"他转向那个小男孩，拍着他的头又说道：

"为使你夫妇俩牢记这场教训，我命你们将这孩子改名为'大宝'——'大大的宝贝'！"

他向三名公人摆了摆手，便向门口走去。

"但是，大人，那个杀人案……"妇人结结巴巴地说道。

狄公在敞开的房门口止住了脚步，他微微一笑，说道：

"根本就没有什么杀人案。楼上的那户人家杀了一头猪，裁缝的老婆一脚踢翻了盛猪血的碗，但她已酩酊大醉，所以没有马上动手收拾，猪血就从屋顶的板条缝中漏了下来，流到了桌子上和房间的地板上。好啦，本县要走了！"

妇人手捂在嘴上，捂住了一声惊喜的欢呼。她的男人带着点傻气笑望着她。他弯下腰，捡起那朵纸花，笨手笨脚地抚平那些花瓣，然后挨近她身边，把花插在她的鬓旁。男孩仰头看着父母，圆圆的脸蛋上露出了开心的笑容。

班头已把狄公的马牵到了门前。狄公飞身上马。直到这时，他才陡地发觉，惆怅已消逝得无影无踪了。

街上传来更夫们的梆子声，已经是子夜了，街市上顿时响起噼里啪啦的鞭炮声。狄公一面催马向前，一面在马鞍上转过身来叫道：

"新年吉祥！大吉大利！"

他怀疑站在门边的三名公人是否听见了他的祝福，但这又何妨呢。